신통일한국과 평화세계를 이루는 길을 모색한 책

세계평화를 향한 위대한 발걸음

문선명 한학자 총재님

세계평화를 향한 위대한 발걸음

석준호 지음

새로운 세상의 숲
신세림출판사

“

이 글은 참부모님의 명을 받들어 40여 년 동안

미국, 구소련, 중국, 몽골에서 활동해온

석준호 회장의 간증을 정리한 것이다.

선교 최일선에서 직접 경험한 역사적 사실들을 통해

참부모님께서 염원하시는 신통일세계를 이루는 길을

함께 모색하고자 한다.

”

|책|머|리|에|

천지인참부모님이신 문선명·한학자 총재 양위분은 하나님의 구원섭리를 완성·완결·완료하시기 위해 이 땅에 오셨습니다. 하나님의 해방과 석방, 인류의 구원, 그리고 평화이상세계 창건, 즉 하늘부모님 아래 한 가족의 세계요 심정문화의 세계 창건을 위해 평생을 바쳐오셨습니다.

참부모님께서는 일생을 피와 땀과 눈물을 쏟으시는 자리에서 복귀섭리를 이끌어 나오셨습니다. 여섯 번의 무고한 감옥살이를 하셨고, 핍박과 몰이해 속에서 살이 떨리고 뼈가 울리는 처절한 고통을 당하면서도 하나님을 위로하시며 인류를 살리기 위해 백절불굴의 정신으로 모든 역경을 극복하고 참사랑으로 승리하셨습니다.

그리하여 2001년 1월 13일, 하늘부모님께 왕권즉위식을 봉헌해 드리셨습니다. 참부모님 성혼 50주년, 참아버님 구순, 흥남감옥 출감 60주년을 맞은 2010년 천력 5월 27일(양 7.8)에는 모든 것을 다 이루시고 복귀섭리를 완성·완결·완료하셨음을 선포하셨습니다. 또한 참부모님 양위분께서 최종일체를 이루시어 천지인참부모로서 하늘과 땅위에 정착완료하시고, 하나님의 조국이 대한민국임을 천명하셨습니다. 이듬해 2011년 천력 11월 17일에는 천일국 최대승리기념일을 통해 '참하나님과 참부모님 일체완료',

'참하나님 완성 완결 완료'를 이루시고 '시봉천국' 도래를 선포하신 후 친필로 기록하셨습니다. 2012년 천력 원단에는 '천지인참부모 승리해방완성시대'를 선포하셨습니다.

참아버님 성화 이후 평화의 어머니이신 참어머님께서는 혈혈단신 천일국 안착을 이루기 위해 폭풍이 몰아치는 모래사막에서 바늘 하나를 찾는 심정으로 사생결단 전력투구하심으로써 모든 난관을 극복하시어 비전 2020을 대승리로 이끌어 주셨습니다. 그리고 "신통일한국과 신통일세계 안착을 향한 새로운 7년 노정을 기필코 승리할 것"이라는 축복을 내리셨습니다.

이러한 모든 내용을 여러분께 전하고 싶은 마음이 간절합니다만 참부모님의 지도하에 약 40년 가까이 미국과 공산주의 국가인 구소련 그리고 몽골, 중국에서의 활동을 중심으로 제가 직접 경험하고 체험한 역사적인 몇 가지 사실만을 간략하게 소개하고자 합니다. 그럼으로써 신통일한국과 신통일세계를 이루는 길을 모색하고자 합니다.

마지막으로 이 책이 나오기까지 수고해주신 신세림출판사의 이혜숙 사장님께 감사드립니다.

2021년 6월 호국보훈의 달에

석준호

|추|천|사|

예수를 따르던 12제자들의 사도행전과 증언, 간증이 없었으면 오늘날 기독교는 제대로 경전의 뼈대를 갖추지 못했을 뿐만 아니라 신자들에게 감동을 주지 못했을 것이다. 그래서 성인이 돌아가신 뒤에는 반드시 성인의 행적과 인품에 대한 제자들의 솔직한 기록과 믿음과 찬양이 이루어지는 일들이 벌어졌다.

서양 철학사에서 플라톤의 '대화'는 소크라테스에 대한 기록이고, '불경'은 제자들의 결집을 통해 석가모니 부처님의 말씀을 집대성한 것이다. '논어'는 공자와 제자들의 대화를 요약해서 전한 것이다.

통일교-가정연합의 경우도 2012년 9월 문선명 총재님의 성화 후 제자들이 각자 선생님을 모신 경험담과 일화, 말씀 중에 특히 기억에 남은 구절들을 기록하는 작업을 시작했다.

문선명 한학자 총재님 양위분의 충직한 제자인 석준호 전 세계평화통일가정연합 한국회장(현 세계평화무도연합 세계회장)은 최근 설교집 '충효지도 만승지원'을 낸 데 이어 이번에 구소련과 중국, 몽골 등 공산국가에 대한 선교활동과 모험을 기록한 '세계평화를 향한 위대한 발걸음'을 펴내게 되었다.

이 책은 무엇보다도 반공의 최전선에서 공산종주국 구소련의 크렘린궁 한복판에서 공산주의와 대결한, 숨 막히는 접전 속에서도 하늘의 섭리에 의해 궁극적으로 승리한 기적적인 기록들을 생생하게 전하고 있다는 점에서 주목된다.

석준호 회장은 월남전에 참여하면서도 통일교 선교에 앞장섰고, 제대 후 문총재의 명령으로 미국으로 건너가서 미국 대학원리연구회(CARP) 회장으로서 공산주의와 공산체제와 맞싸웠다. 이 책은 그후 온갖 고난 속에서도 공산권 선교를 달성한 반소반공운동의 승리기록이다.

석회장에게 가장 먼저 떨어진 임무는 1972년 2월 미국 7대도시 순회강연회에서 양위분을 경호하는 책임이었다. 그 후 미국 통일신학대학원(UTS) 부총장, 미국 대학원리연구회 회장을 맡으면서 선교의 최전선에 서게 된다.

1981년 9월 1일 청천벽력 같은 KAL 007기가 사할린 상공에서 소련군의 미사일발사로 탑승객 16개국 269명 전원이 사망하는 사건이 일어났다. 이에 워싱턴을 비롯 미국 주요도시에서 49번의 규탄대회를 전개했다. 희생된 269명 전원의 모조 비석을 백악관 앞 에 배치하기도 하고, 워싱턴 국회의사당 앞에서 대규모 궐기대회, UN본부 앞에서 추모회를 여는 등 미국 주요 도시에서 대대적인 반소·승공운동을 펼쳐 나갔다.

제4회 원리연구회(CARP) 세계대학생 대회가 유럽 카프 주관으로 1987년 8월 2일부터 8일까지 서독 서베를린에서 개최되었다. 당시 '새로운 비전, 새로운 학생운동 창조'라는 주제 하에 '베를린장벽철폐!'를 주장했다. 당시 문효진 회장과 3천여 명의 CARP 대학생들은 베를린 도심에서 장벽검문소 '체크포인트 찰리'까지 구호를 외치며 행진하였다.

석회장이 만난 두 번째 큰 사건은 1990년 4월 9일부터 13일까지 모스크바에서 열린 '제11차 세계언론인대회'였다. 대회 기간 중 4월 11일, 성혼 30주년 기념일을 맞은 참부모님께서는 고르바초프를 만났다. 이 자리에서 KGB의 삼엄한 감시와 경계 속에서 당당히 고르바초프 서기장에게 "개방 개혁정책을 담대하고 용맹하게 밀고 나가야 한다. 이것이 하나님의 뜻이다."라고 강조했다. 석회장을 비롯 제자들은 혹시 문제라도 일어날까봐 전전긍긍했다고 한다.

소련정예대학생 3450명에게 자유의 가치와 통일원리를 교육한 것도 잊을 수 없는 대목이다. 이들은 1991년 8월 19일 월요일 아침에 일어난 역(逆)군사쿠데타의 탱크들에 맞섬으로써 소련의 해체를 실현시킨 장본인이기 때문이다. 이들이 없었다면 중국의 천안문 사태와 같은 사건이 모스크바에서 일어났을 가능성이 높다.

석회장에게는 1993년 11월 21일, 참어머님께서 크렘린궁에서 당당하게 하늘말씀을 선포하도록 실현한 것을 잊을 수 없다. 당시 크렘린궁 행사에 대한 최종승인권을 가진 옐친 대통령이 정쟁으로 행방이 묘연한 가운데 크렘린의 행정실장, KGB 책임자 등 핵심간부들의 만장일치 대리승인으로 대회 전날 밤에야 허가를 받을 수 있었던 것은 하늘의 역사하심을 체휼하는 사건이었다.

1994년 3월 26일, 고르바초프 전 소련 대통령이 서울 한남동 공관을 방문하였다. 이날 고르바초프는 "절대적인 참사랑을 알게 해주신 문총재님 양위분께 감사인사와 함께 하나님의 섭리가 진전될 수 있도록 노력하겠다."고 말했다.

구소련에서의 각종 행사는 기적의 연속이었다. 우리는 문선명-한학자총재를 둘러싸고 벌어진 일들을 일상사처럼 생각하는 경향이 있다. 그러나 조금만 곰곰이 생각하면 이들이 모두 일상의 기적이라는 것을 알 수 있다.

석회장이 만난 세 번째 큰 사건은 중국에서의 교육활동이다. 특히 세계 최고의 인구 14억을 자랑하는 중국 공산권에서의 성과는 기적 그 자체라고 말할 수밖에 없다. 국제교육재단(IEF) 이름으로 진행된 중국에서의 모든 활동은 중국 국제교류협회와 국가교육 위원회의 협조를 받아 흑룡강성 하얼빈에서 출발했다.

교육 내용은 참부모님의 가르침을 중심한 인격 교육, 청소년의 순결 교육, 참가정 교육, 평화이념 교육 등 13개의 강좌로 구성되었다. 주로 2박3일 동안 진행된 교육이 끝난 후 참가자 전원에게 수료증이 수여됐다. 오랫동안 중국의 전통적 가치를 잊고 살아왔던 참가자들은 대부분 중국전통사상이 해외로 수출되었다가 더 높은 차원에서, 현대적으로 재해석된 사상을 다시 수입된 것에 감격스러워했다.

중국활동의 하이라이트는 중국인민대회당에서 거행된 참어머님의 말씀이었다. 1993년 11월 21일, 모스크바 크렘린궁에서의 참어머님 대회 승리 이후 6년 뒤 1999년 5월 29일, 중국 인민대회당에서 열린 참어머님 말씀집회는 우여곡절을 겪었지만 기적적으로 실현되었다. 거대한 공산주의 중국의 심장부인 인민대회당에서 낭랑한 목소리로 하나님을 선포하시고 참사랑을 가르친 것은 세기적 사건이었다.

더욱 놀라운 사실은 중국사회과학원에서는 13강좌를 모아 『가정윤리와 인격교육』(상·하) 두 권의 책으로 발간했고, 북경대학교에서는 『심정과 인격개발』을 중국어로 번역, 출판했다는 점이다. 또 중국인민대외우호협회, 중국전국부녀연합회, 중 국국가기관공작위원회, 중국민주연맹, 중국국제교육교류협회, 중국청소년범죄연구소, 중국인민문화촉진회, 중국총공회, 중국 국제문화교류중심 등 중국의 광범위한 분야를 대표하는 20여 개의 전국 규모 단체들이 국제교육재단의 활동을 후원했다는 점이다.

중국에서의 활동은 중국전역을 총망라했는데 22개 성 5개 자치구(신장 위구르, 티베트, 닝샤회족, 내몽골, 장족자치구), 4개 직할시, 특별행정구인 홍콩, 마카오까지 중국 32개 성급에서 성공적으로 진행되었다. 1994년 10월 14일부터 중국에서 연수교육과 축복활동을 시작한 이래 2010년 7월까지 257번(20번 해외세미나 포함)의 연수교육이 이루어졌고, 약 7만 명의 지도자급 인사들과 대학생들이 참석했다.

구소련, 중국, 이밖에도 몽골선교와 관련해서도 이 책은 기적적인 일들의 연속이었음을 증거하는 사건으로 채워져 있다. 우리들로 하여금 놀라움과 감탄을 금할 수 없게 한다. 아무쪼록 이번 책이 앞으로 신(神)통일한국과 세계평화의 비전을 달성하는 데에 큰 밑거름이 되기를 기대한다.

2021년 7월 7일

문화인류학박사 **박정진**

| 차 | 례 |

01

신통일한국과 평화세계를 향하여

신통일세계를 향한 위대한 발걸음

신통일세계를 향한 위대한 발걸음

미국 CARP와 대한항공 격추사건

저는 1965년 9월, 뜻을 알고 참부모님을 모시게 되었습니다. 1967년부터 베트남전쟁에 3년간 참전하여 박정희 대통령으로부터 인헌무공훈장을 수여받고 이후 국가유공자의 칭호를 받게 되었습니다. 베트남전쟁에서는 무도교관으로서 심리작전에 투입되어 공산주의에 동조하는 민간인과 군인들을 교육시켜 아군편으로 전향시키는 임무를 수행했습니다. 그러한 목적을 달성하기 위해 원리를 가르치고 전도하는 것이 가장 빠른 길이므로, 참부모님의 허락을 받아 내적으로 선교사의 사명을 갖고 전쟁의 와중에서 온갖 위험을 무릅쓰고 열정적으로 선교를 하였습니다.

무도 시범(월남)

피 비린내 나는 전쟁 터에서도 참부모님의 원리 말씀의 위대함을 실감하였습니다.

그 당시 제가 전도한 월남인 중 베트남국제학교 응우옌(Nguyen) 교장과 베트남 YMCA 사무총장은 전쟁의 와중인 1969년 여름에 날짜를 달리하여 구 청파동 교회를 각각 방문, 참부모님을 뵙고 2층 거실에서 식사 대접을 받았습니다. 그리고 부모님께 충효의 도리를 다짐하며 베트남으로 돌아갔습니다.

그 후 1972년 2월, 참부모님의 부르심을 받아 미국으로 떠나게 되었습니다. 처음 샌프란시스코에 도착하여 참부모님을 직접 모

베트남전쟁 외중에도 참부모님을 뵙기 위해 방한한 베트남국제학교 응우옌 교장.
맨 오른쪽이 전도자 석준호 회장(구본부교회, 1969년)

시고 한달 가까이 샌프란시스코와 로스앤젤레스를 수행하는 귀한 경험을 하였습니다. 1972년 2월 3일 뉴욕 링컨센터를 기점으로 출발한 미국에서의 첫 번째 참부모님 공식대회인 미국 7대 도시 공개강연회 중 로스앤젤레스, 샌프란시스코, 버클리대회에서는 참어머님 바로 옆에 앉아 어머님을 경호하며 따듯한 사랑을 느끼기도 하였습니다.

그 후 참부모님의 명에 따라 미국 원리연구회(CARP) 고문, 미국 통일신학대학원(UTS) 부총장을 거쳐, 1983년 1월부터 미국 원리연구회 회장으로 임명받고 활동하게 되었습니다.

1983년 KAL 007기 격추 규탄 운동

1983년 9월 1일, 소련이 대한항공 비행기를 격추시켜 탑승객 전원이 사망하는 비극적 사태가 일어났습니다. 미국 뉴욕 J.F.케네디 국제공항에서 출발하여 알래스카 상공을 지나 김포공항으로 향하는 대한항공 KAL 007기에는 16개국의 269명이 타고 있었는데 소련이 사할린 상공에서 미사일을 발사해 전원이 몰살당하게 된 것입니다.

이 비극적인 사건을 들으신 참부모님께서는 "카프(CARP, 미국 대학원리연구회)가 나서서 거국적인 반소·승공운동을 대대적으로 펼쳐

라.”고 명하셨습니다. 참부모님의 지시에 따라 우리는 반소·승공운동의 일환으로 대한항공기 격추사건 규탄대회를 격렬하게 개최했습니다. 그리하여 미국 사회 분위기를 크게 변화시켰고, 반소·승공운동의 불길을 거세게 지펴 나갔습니다.

당시는 남미나 미국에서 좌익운동이 확산되어 강세를 띠던 때였습니다. 월남전 패배 이후 무력감과 패배주의, 성문란과 마약의 범람으로 피폐해진 미국사회에서 좌익운동이 요원의 불길처럼 퍼져 나가고 있었습니다.

39대 대통령 카터는 공산세력에 맞서 싸우기보다 소련과 대화로 해결할 수 있다며 군비를 대폭 감축하고, 특수부대를 해체하는 등 국방력을 약화시켜 결과적으로 소련의 1/3수준까지 떨어뜨렸습니다. 그 결과 레이건이 40대 대통령으로서 임기를 시작하던 당시 핵탄두의 수가 소련은 4만기인데 반해 미국은 2만기 정도밖에 되지 않았습니다.

군비 경쟁에서 한참 떨어지는 미국이 되어 핵전쟁이 발발하게 되면 모두가 파멸할 거라는 암울한 종말론도 심심찮게 언급되곤 하였습니다. 이 가운데 우리는 소련에 대한 공분(公憤)을 불러일으켜 미국이 무력감에서 벗어나 단결하게 하고, 승공사상에 따라 대(對)소련 공세를 강화시킬 수 있는 기반을 만들고자 하였습니다.

우리는 한 달간 전국적으로 49번의 반소·반공 궐기대회를 열었고 그중 19번은 거국적 차원의 대회를 진행했습니다.

미디어의 관심을 끌기 위해 당시 소련 안드로포프 서기장의 모형을 만들어 화형식을 하거나 소련 국기를 불태우는 등 과격한

데모를 벌였습니다. 희생된 269명 전원의 모조 비석을 백악관 앞에 배치하기도 하고, 워싱턴 국회의사당 앞에서 대규모 궐기대회, UN본부 앞에서 추모회를 여는 등 미국 주요 도시에서 대대적인 반소·반공대회를 펼쳐 나갔습니다.

이러한 우리의 열정적이고도 격렬한 반소 궐기대회는 많은 언론사의 관심을 끌었고, 취재열기가 뜨거워졌습니다. 워싱턴포스트, 뉴욕타임스 등 주요 일간지에서 대대적으로 보도하기 시작했습니다. 뉴욕의 콜롬비아대학, 샌프란시스코 근교의 버클리대학 등 전국 여러 주요 대학신문에서도 우리의 활동이 보도되었습니다. 전국 주요 방송에서도 카프의 소련 공산주의 규탄대회를 크게 방영하면서 미국 내에 반소정책을 펼쳐야 한다는 목소리가 커지게 되었습니다.

언론과 정치 평론가들은 카프의 강력한 소련 규탄활동이 그해 11월 대통령 선거에서 레이건이 재선되는 데 결정적 역할을 했다고 평가했습니다. 우리가 불러일으킨 반소·승공의 사회적 기반 위에 레이건 대통령은 강력한 반소·반공정책을 추진할 수 있었고, 이는 레이건 대통령에게 정치적으로 큰 승리를 안겨주었다고 평가한 것입니다. 이로써 무난히 재선된 레이건 대통령은 반소·반공정책과 더불어 강력한 군비증강 정책을 펼쳐 나갈 수 있었습니다.

이처럼 참부모님께서는 대한항공 피격으로 몰살당한 269명의 희생을 헛된 죽음이 아닌 하늘의 제물로 승화시키심으로써 미국과 전 세계에 강력한 반소·반공의 분위기를 조성하시고 레이건

워싱턴 국회의사당 앞

UN본부 앞에서 궐기대회

미국 승공 운동

대통령에게는 큰 정치적 승리를 안겨주셨습니다.

1980년대 미국 대학가는 공산주의와 팽팽한 사상전이 전개되고 있었습니다. 나는 참부모님의 지시하에 대학가를 쇄신하기 위하여 기동대를 조직 편성하여 전국을 순회하며 대학 캠퍼스에서 두익 통일사상 강연대회를 대대적으로 크게 열었습니다.

그때만 해도 미국에는 유물론을 중심한 공산주의가 여러 가지 방법을 동원해 공세를 펼치고 있었습니다. 섭리적 차원에서 우리는 자유민주세계의 중심인 미국에서 저변 확대를 꾀하려는 공산주의 세력들을 반드시 저지하고 하나님주의를 주창해야만 했습니다. 첫 대회지 동부 매사추세츠 보스턴대학교를 기점으로 전국의 주요 대학을 누볐습니다. 서부로는 캘리포니아 버클리대학교, 남부로는 오스틴 텍사스대학교, 북부로는 메디슨 위스콘신대학교 등 전방위적으로 대회를 열었습니다. 좌익활동이 활발했던 대학에서도 하였습니다. 당시 버클리 대학은 운동권 학생들이 많았는데 우리 쪽에서 무도 시범을 보여서 그런지 뒤에서 소리 지르며 방해만 했지 함부로 접근하지 않았습니다. 공산권 활동이 컸던 버클리, 위스콘신 등의 대학에서는 실외 대회를 했습니다. 그때 내가 직접 강의를 했는데 '통일사상과 무도(Unificationism & Martial Art)'라는 주제로 이루어졌습니다. 사람들의 관심과 이목을 집중시키는

미국 전국 대학가 순회 통일사상 강연 포스터

텍사스 대학 강연(오스틴,1986년)

한편 공산주의 세력들의 반대를 미연에 방지하기 위해 심리적 전술로 무도시범을 현장에서 직접 시연하면서 강연회를 개최했습니다. 통일사상 강연을 중심으로 강연전에 통일무도 시범을 보이는 행사였습니다. 추운 겨울이었던 2월부터 보스톤 대학을 시작으로 표를 팔아 행사를 진행했습니다. 전국을 순회한 대회는 성황리에 마무리 됐고, 전 미국 대학가에 두익통일 사상을 전파 교육 시킴으로서 대학가의 좌경화를 막는데 크게 기여하였습니다.

1985년 초 댄버리에서 무고한 감옥 살이를 하고 계신 참아버님께서는 스위스 제네바에서 열린 제2차 세계평화교수협의회 국제회의의 제목을 '소련제국의 멸망'으로 정하셨습니다. 소련의 기세가 등등했던 그때, 시카고대학의 카플란 박사를 앞세워 참부모님은 '공산주의의 종언'을 선언케 하셨습니다. 공산주의자들은 물론 자유주의 진영에서도 엄청난 충격을 받았습니다. 당시는 공산주의가 세계 3분의 2를 장악하던 때였습니다. 참부모님의 지시에 깜짝 놀란 카플란 박사가 발표하기 전, 세 번씩이나 '아마도(maybe)'를 넣으면 좋지 않겠느냐고 건의하다가 참부모님의 단호한 뜻에 따라 선포한 것입니다. 공산주의 종언 선포는 실제 소련의 멸망을 향해 천운을 움직이고, 영계를 움직이는 데 꼭 필요한 선언이었던 것입니다.

문효진회장의 리더십과 베를린 장벽 철폐

———— 제4회 원리연구회(CARP) 세계대학생 대회가 유럽 카프 주관으로 1987년 8월 2일부터 8일까지 서독 서베를린에서 개최되었습니다. 참부모님께서는 '새로운 비전, 새로운 학생운동 창조'라는 대회 주제를 주시고 섭리적 목표로는 '베를린 장벽 철폐'를 정해주셨습니다.

또한 참부모님께서는 잠시 한국에 머물고 있었던 저에게 미국에 와서 문효진 회장과 함께 베를린 대회에 가라는 말씀을 주셨습니다.

베를린에서 카프대회를 여는 일은 위험천만한 일이었습니다.

월드카프 베를린 장벽을 향하여 시가행진(1987년 8월 8일)

공산주의자들로부터 많은 반대와 박해가 있었습니다. 폭탄테러 위협이 있었고 부정적인 신문기사가 뒤따랐습니다.

대회를 위해 예약한 숙소가 취소됐고, 대회 장소도 예약이 취소됐습니다. 결국 소송을 제기해서 극적으로 승리했습니다. 이러한 위험상황에서 문회장은 단순히 총회에만 참여하는 것이 아니라 베를린 장벽을 향해 시가행진까지 주도하겠다고 하셨습니다.

2시간여의 행진에서 많은 사람들을 이끌다 잘못되실까 두려운 마음도 있었지만 우리는 용감한 그분의 의견을 따랐습니다.

문효진 세계회장은 총회 전체 일정을 주관하며 동서독 청년 학생들에게 참부모님이 주창하신 평화의 비전을 전하고 냉전을

1987년 8월 2일 베를린

월드카프 베를린 장벽을 향하여 시가행진(1987년 8월 8일)

넘어 화합과 통일의 새 시대를 꿈꾸게 하셨습니다.

대회 마지막 날인 8월 8일, 효진님은 3천여 명의 CARP 대학생들을 이끌고 베를린 도심에서부터 장벽 검문소 '체크포인트 찰리'까지 "베를린 장벽 철폐!" 구호를 힘차게 외치며 행진하였습니다.

베를린 장벽을 향해 행진할 때, 무장한 독일 경찰과 20여대의 경호차가 양쪽에서 우리를 호위해 주었습니다. 행사를 반대하는 좌익계 사람들은 우리에게 달걀과 페인트를 던졌습니다. 문회장은 "내 생명은 하나님께 달려있다. 만약 저들이 날 죽이려 한다면 미국 뉴욕이든 어디서든지 죽을 수 있다. 나는 존재하지 않는다. 내 생명은 하나님의 손에 달려 있다."고 말씀하며 걱정하지 않으셨습니다.

문효진 회장은 용감하게 전진해 나갔고, 그 모습에서 용기, 강인함, 대담함 등을 배울 수 있었습니다. 폭탄테러의 위험이 도사리는 심각한 자리임에도, 베를린 장벽에 도착하자마자 준비돼 있던 단상에 올라 소련 고르바초프 서기장에게 '베를린 장벽 제거'를 강력하게 요구하는 연설을 하셨습니다.

눈물을 흘리며 '베를린 장벽을 철폐하라!' 목이 터져라 열정적으로 호소했습니다. 너무나 감명 깊은 연설이었습니다.

우리를 반대하는 좌파주의자들을 향해 "지금이라도 늦지 않았으니 함께 손을 잡고 폭력이 아닌 참사랑으로 베를린 장벽을 무너뜨리자."고 설득했습니다. 폭풍이 몰아치는 것 같은 심정적인 연설에 참석자들은 큰 감동을 받았습니다.

베를린 장벽 앞에서 문효진회장 연설(1987년 8월 8일)

동독은 베를린 장벽에서 불과 6~7미터 떨어진 거리에 있었습니다. 서독 경찰은 그 지역에서 아무것도 할 수 없었기 때문에 공산주의자들은 마음 놓고 우리를 저지하려 했습니다. 그러나 우리는 장벽을 막고 있는 그들과 맞서며 밀어냈습니다.

마지막으로 문효진 회장은 장벽을 붙들고 통곡의 기도를 올렸습니다. 열정적으로 기도하셨습니다. 눈물이 온 얼굴을 덮었습니다. 나는 혹시 모를 위험에서 보호해야 한다는 일념으로 마음속으로 기도하며 눈을 부릅뜨고 주위를 지켜보았습니다.

베르린 장벽을 붙들고 장벽철폐를 위하여 기도하는 문효진 회장

그래서 문회장이 눈물범벅이 되도록 기도하며 다짐하는 모습을 볼 수 있었습니다.

다음날 신문에서는 통일교회가 좌파세력을 동독지역으로 밀어냈다는 기사가 대서특필로 보도되었습니다. 그날 행진과 더불어 베를린 장벽 철폐를 촉구한 문회장의 연설은 세계 여러 나라 학생들이 함께 모여 베를린 장벽 철폐를 외친 최초의 위대한 행사로 자리매김되었습니다. 베를린 장벽 철폐대회의 성공은 매우 의미 깊은 대승리였습니다.

세계적인 영향과 더불어 장벽철폐를 향해 영계가 역사하고 천운을 몰고 오는 대승리의 섭리적 대회였습니다.

대회가 끝난 뒤 동베를린에서 큰 시위가 벌어졌습니다. 동베를린 청년학생들은 CARP대회의 구호였던 '장벽은 철폐되어야 한다!'를 외치며 베를린 장벽을 향해 행진했습니다. 그로부터 2년 후 동서냉전의 상징인 베를린 장벽은 무너졌고, 1990년 독일은 분단 45년 만에 통일되었습니다.

참부모님께서는 문효진 회장을 독일로 보내시어 세계 CARP대회를 통해 베를린 장벽을 무너뜨렸다고 말씀하셨습니다.

02

신통일한국과 평화세계를 향하여

소련의 평화적 해체 성업을 이루신 참부모님

소련의 평화적 해체 성업을 이루신 참부모님

모스크바 대회와 소련의 평화적 해체

미국의 영적 각성을 불러일으키고자 참부모님께서는 1976년 9월 18일, 30만 명의 청중들이 운집한 가운데 미국 건국 200주년 기념 워싱턴 모뉴먼트 대회를 개최하셨습니다. 대회 말씀의 말미에 참아버님께서는 "나는 이제 워싱턴 대회가 끝난 후 소련에 가서 모스크바 대회를 할 것이다."라고 선포하셨습니다. 모스크바는 'Must Go' 반드시 가야 할 곳이라고 말씀하셨습니다.

그 당시 소련과 미국이 첨예하게 대립하는 냉전시대였기에 누구도 믿지 않았습니다. 대회 현장에 있었던 저도 귀를 의심했습니다.

그로부터 14년 후인 1990년 4월 8일 참부모님께서는 당당하게

문선명 총재 양위분 고르바초프와 회담(모스크바, 1990년 4월 11일)

소련 심장부인 모스크바에 입성하셨습니다. 4월 11일, 성혼 30주년 기념일에 참부모님께서는 고르바초프를 만나셨습니다.

그리고 4월 9일부터 13일까지 '모스크바 대회'인 '제11차 세계언론인대회'를 주관하셨습니다. 이 대회에 41명의 국가 전·현직 수반을 비롯해 각국 언론인 등 1천여 명이 참석했습니다.

참부모님 김일성과 회담(1991년 12월 6일)

4월 11일 크렘린궁에 입성하기 전, 참부모님께서는 숙소인 영빈관에서 훈독회를 주관하셨습니다. 훈독회는 아침 9시부터 시작하여 점심때까지 계속됐습니다. 영빈관에서 우리의 모든 활동을 감시하는 KGB가 훈독회 말씀을 녹음하고, 그 녹음 파일을 분석한다는 것을 잘 아시는 부모님께서는, 그들이 가능한 말씀을 많이 접하고 공부하도록 하기 위해 훈독회를 의도적으로 오래 하신 것입니다.
그 후 고르바초프와 90분 동안 공식회담을 가지셨습니다. 회담에서 참부모님께서는 "개방 개혁정책을 담대하고 용맹하게 밀고 나가야 한다. 이것이 하나님의 뜻이다."라고 강조하셨습니다.
이어 고르바초프 개인 집무실에서 열린 단독회담에서는 참부모님께서 소련에 대한 하늘의 소망과 기대를 전달하셨습니다.

소련 대학생 3450명의 기적

———————— 모스크바 대회에서 큰 승리를 이루시고 한국을 거쳐 미국에 오신 참부모님께서는 저에게 "이제 네가 소련에 가서 대학생 300명을 미국으로 데려다가 원리를 교육시켜라." 지시를 하셨습니다. 또한 "강하고 담대한 마음으로 가라. 영계가 같이 하고 있으니 자신감을 갖고 영계의 협조를 받아서 해야 한다."고 하시면서 다음과 같은 지침을 내려주셨습니다.

소련학생 미국 연수 교육 선발

수련학생 미국 연수 교육 27차례 도합 3,500명(1991년)

첫째, 뜻을 위해 절박하고 심각한 마음을 가져야 한다.

둘째, 섭리의 목적을 이루기 위해 기도와 정성을 들여야 한다.

셋째, 섭리의 최일선에 서야 한다.

넷째, 하나님과 참부모님을 그리워하고 사랑하는 심정을 가져야 한다.

다섯째, 자신감을 갖고 강하고 담대하게 나아가라.

여섯째, 어떠한 실적을 올렸다고 해서 결코 자만하지 말고 하늘 앞에 죄송한 마음, 미안한 마음, 감사한 마음을 갖고 살아야 한다.

참부모님의 명을 받고 1990년 5월, 바로 소련으로 건너가서 국가교육위원장을 비롯해 여러 대학총장들을 만나 설득하였습니다. "고르바초프의 개혁개방정책으로 서구의 물질주의와 퇴폐사조가 들어오면 가치관의 혼란이 벌어질 것이다. 그러니 대학생들의 가치관을 바로 정립해야 한다."는 내용이 설득의 요지였습니다.

학생 모집을 위해 각 대학을 순회하며 강연을 시작했습니다. 강연 장소에는 어느 곳을 막론하고 마르크스, 레닌 혹은 스탈린 사진이 걸려 있었습니다.

마르크스와 레닌이 지켜보는 가운데 소련 학생들에게 미국에 가면 이러이러한 강의를 들을 것이라고 요약 강의를 하였고, 거기에 동의한 학생들을 대상으로 인터뷰 및 '삶의 목적이 무엇인가?'라는 에세이를 작성케 하여 심사하였습니다.

레닌 동상앞 강의

이후 대학총장이 보내준 학생들을 4대 1로 뽑았습니다. 선정 기준은 영어 실력, 심정, 인품이 좋은 젊은이들을 우선적으로 선발하였습니다. 교육 후 한 사람도 부정적인 생각을 갖지 않도록 하기 위해 정성을 다했습니다. 만약 한 사람이라도 부정적인 생각을 갖고 KGB나 CIA에 보고해버리면 모든 것이 끝나는 것입니다. 교육을 통해 모두가 감화 감동하여 눈물을 흘리며 돌아갈 수 있도록 정말 많은 수고와 정성을 들였습니다.

마침내 1990년 여름방학을 기해 참부모님께서 목표로 정해주신 300명을 초과한 450명의 교육을 무사히 끝냈습니다. 그런데 450명 교육이 끝나자마자 참부모님께서는 곧바로 1년 안에 3,000명 교육을 하라고 다시 지시하셨습니다.

말씀에 순종하여 매회 100명에서 250명까지 1년 동안 27회 교육을 진행했습니다. 심장이 멎을 듯한 충격적인 난관이 많았습니다. 그러나 참부모님의 말씀대로 지성을 다하니 하늘이 보호하사 그 이듬해 8월 중순까지 총 3,500여 명의 교육을 완료할 수 있었습니다.

그 당시 소련과 미국은 1년에 평균 7명 정도 학생 교류가 있던 때였고, 첨예한 냉전시대였기 때문에 미국에서 소련에 가장 많이 학생을 보낸 예가 좌익운동 본거지인 메디슨 시에 위치한 위스콘신대학에서 20명을 보낸 것입니다. 이 숫자를 포함한 평균 인원이 1년에 7명 정도였습니다.

그 정도로 교류가 없었던 첨예한 냉전시대에 참부모님께서는 3,000명을 그것도 1년 안에 교육하라고 말씀하신 것입니다. 상식적으로 불가능한 지시였지만 절대신앙 절대사랑 절대복종의 정신으로 하면 영계가 협조할 것이라는 신념을 가지고 소련 15개 공화국의 대학들을 방문하면서 간절한 심정으로 총장들을 설득하고 학생들을 모집했습니다.

처음에는 미국과 소련 정부가 우리를 지원했지만 교육생 숫자가 1,000명 이상 넘어가자 미국 CIA가 방해하기 시작했습니다. 이유는 공산주의 사상으로 무장한 우수한 소련 학생들이 미국으로 와서 미국 학생들에게 세뇌공작을 하는 게 아니냐는 의심 때문이었습니다. 한편 소련 정부에서도 우수한 학생들이 미국의 자유주의 사상에 물들어 돌아오면 큰일 나겠다는 위기의식을 가졌습니다. 두 나라 양쪽으로 문제가 생긴 것입니다.

대대적 원리 교육(겨울방학 흑해 얄타, 1991년)

"이제야 레버런 문의 위대함을 알겠다"

——— 소련에 외교관 양성으로 명문대학인 모스크바 국제관계대학이 있습니다. 한번은 이 국제관계대학에서 250명의 학생을 선발했는데, 미국 대사관은 비자를 불허하였습니다.

당연히 발급될 것으로 알고 공항까지 갔다가 모두 낭패를 보고 돌아가는 일이 벌어졌습니다. 학생들은 이젠 틀어진 일이라고 불평하며 돌아갔습니다.

그날이 목요일이었는데 우리는 250명의 학생들에게 일일이 전화를 걸어 반드시 비자를 받게 할 테니 월요일에 다시 나오라고 했습니다. 어디서 그런 용기가 났는지 모든 것이 불투명한 상황에서 확신에 찬 어조로 통고했습니다. 비행기를 전세 예약했던 핀란드 항공사에도 월요일에 반드시 출발할 테니 대기하라고 했습니다. 미국으로 떠나지 못하는 불상사가 발생한다 해도 항공료 전액을 지불하겠다는 약속까지 해주며 항공사를 안심시켰습니다.

그러면서 참부모님의 기반인 미국 상하원 의원들에게 연락하여 도움을 요청하는 피 말리는 싸움을 하였습니다. 이러한 싸움 끝에 드디어 국무성에 있는 소련과의 비밀창구를 뚫어 비자를 받을 수 있었습니다.

우여곡절 끝에 비자를 받은 날이 미국 시간으로 금요일 오후였습니다. 워싱턴과 모스크바는 8시간 시차이므로 모스크바는 이미 밤이 늦어 비자를 발급할 수 없었고 설상가상으로 다음날은 토요일이라 영사관이 업무를 보지 않았습니다. 우리는 월요일 아침 일찍 영사관에 가서 문이 열리자마자 '빨리 비자 도장을 찍어 달라!'고 눈물로 호소했습니다. 그런데 영사가 하는 말이 250명의 비자를 찍으려면 하루 종일 걸린다는 것입니다.

비행기가 오전 11시에 출발하기 때문에 '우리 직원들도 비자 도장 찍는데 동원하겠다.'고 부탁했지만 전혀 통하지 않았습니다.

소련 대학생 두익 통일사상교육(헝가리 부다페스트, 1991년 2월)

그래서 KGB 간부를 통해 압력을 넣었습니다. KGB가 책임진다고 하니 겨우 허락이 났고, KGB 직원들이 전부 들어가 비자 도장을 찍어서 출발 40분 전에 끝낼 수 있었습니다. 영사관에서 비행장까지 빨리 가도 1시간 정도 걸립니다. 그런데 30분 내에 도착해야 하는 상황이라, 다시 KGB 간부에게 '우리가 최고 속도로 공항에 가야 하니까 교통경찰이 단속하지 말도록 조치해 달라.'고 부탁했습니다. 결국 KGB 덕분에 공항까지 단숨에 갈 수 있었습니다.

공항에 11시가 조금 넘어 도착해, 빨리 들어가야 하는데 공항에서도 문제가 생겼습니다. 250명의 여권을 일일이 신원확인하려면 1~2시간이 걸린다는 것입니다.

그래서 다시 KGB 간부에게 부탁했습니다. 국제관계대학은 외교관을 양성하는 대학으로, 책임자가 KGB 간부 출신이었습니다. 대학 책임자인 KGB 간부가 "내가 책임질 테니 다 들여보내라.'며 보증해줘서 여권 확인도 없이 도장만 찍고 비행기로 들어갈 수 있었습니다.

이것은 공산주의 사회였기 때문에 가능한 일이었습니다. 여권을 비행기 안에서 나눠 주었더니 교수와 학생들이 이구동성으로 '이제야 레버런 문의 위대함과 힘을 알겠다.'며 환호했습니다. 이렇게 여러 차례 심장이 멎는 듯한 충격적인 우여곡절을 겪으며 1년 만에 3,500여 명의 교육을 성공리에 마칠 수 있었습니다.

누가 소련을 구했는가?

―――――――― 1991년 8월 중순, 놀라운 일이 벌어졌습니다. 소련 대학생 3,500여 명의 미국 연수교육이 끝난 후 1991년 8월 19일 월요일 아침, 군사 쿠데타가 발발한 것입니다. 고르바초프 대통령의 최측근인 KGB, 국방장관, 국무장관, 내무장관, 군사령관들이 반기를 들었습니다.

당시 고르바초프 대통령 부부는 크림반도 얄타에서 휴양하고 있었습니다. 대통령 부부는 반란군들에게 강제로 체포되어 감금당했습니다. 그때의 충격으로 영부인 라이사 여사는 병을 얻어 일찍 작고하고 말았습니다.

소련 군사 쿠데타 분쇄 후 군과 친구가 된 가정연합 식구(1991년 8월 21일)

쿠데타를 일으킨 반란세력들은 고르바초프 대통령을 감금하고 탱크로 모스크바를 향해 진격했습니다. 쿠데타가 일어난 다음날, 쿠데타 대장이 국가교육위원장을 위협하면서 '통일교회와 함께 일하는 것을 그만두라.'고 경고하기도 했습니다. 그런데 이러한 위기순간에 더욱 놀라운 기적이 일어났습니다.

미국에서 참부모님 사상을 교육받은 소련 대학생들이 주도하여 다른 학생, 시민들을 설득함으로써 수만 명의 군중들이 모스크바에 집결하였습니다. 그들은 쿠데타군과 대치하며 목숨을 걸고 저항했습니다. 그들은 쿠데타가 성공하면 다시 스탈린 시대로 돌아간다는 위기감을 느끼고 쿠데타를 막아야겠다는 강한 의지를 가지고 중무장한 반란군과 탱크부대를 온 몸으로 저지하는 중심에 섰던 것입니다. 죽음을 각오하고 대로(大路) 한 가운데 드러누워 탱크의 진격을 막았습니다.

원리를 통해 미래에 대한 희망과 비전을 깨달은 대학생들이 소련 역사상 처음으로 권력과 싸워 승리를 쟁취한 것입니다. 결국 쿠데타는 3일 만에 실패로 돌아갔습니다. 만약 쿠데타군이 계속 진격했더라면 중국의 천안문 사태 이상의 희생자가 나왔을 것입니다. 나중에 국가교육위원회는 이렇게 증언했습니다.

"누가 소련을 구했는가? 그 분은 바로 문선명 총재이시다. 맨손으로 탱크에 맞서 싸운 사람들은 문 총재의 교육을 받은 대학생들이었다."

소련 정부는 후일 쿠데타 진압의 일등공신이 문선명 총재임을 공식 발표하였습니다. 이렇듯 참부모님께서는 결정적인 위기로부터 소련을 구해주셨습니다. 참부모님의 사상을 교육받은 대학생들이 소련 역사상 처음으로 군이나 정부에 맞서 싸운 것입니다. 전 세계 정치평론가들은 만약 그때 쿠데타가 성공했더라면 소련은 과거 스탈린 시대로 돌아갔을 것이라고 평가했습니다.

그때서야 비로소 저는 왜 참부모님께서 소련 학생 3,000명을 1

여름방학 18,000명 두익 통일사상 교육(볼틱 라트비아, 1992년)

년이라는 짧은 기간 안에 미국에 데려다가 교육시키라고 서둘러 지시하셨는지 이유를 알 수 있었습니다. 참부모님께서는 1년 후에 벌어질 일을 미리 다 아셨던 것입니다. 부모님께서 그 이유를 자세히 말씀하지 않으셨지만, 하늘의 비밀을 밝히면 사탄과 악의 세력으로부터 방해공작이 있을 터이니 말씀을 안 하신 것입니다. 우리가 생각할 때 불가능에 가까운 지시였으나 절대신앙 절대사랑 절대복종의 정신으로 죽음을 각오하고 임하면 반드시 하늘이 역사하신다는 진리를 깨달은 사건이었습니다. 미래와 역사를 꿰뚫어 보시는 참부모님의 예지력과 깊은 혜안 그리고 통찰력에 놀라움을 금할 수 없습니다.

저는 심장이 멎는 듯한 어려운 고비 고비를 여러 번 넘기면서 하늘이 역사하심을 깨달을 수 있었습니다. 예를 들어 손발이 묶인 상태에서 앞에 담벼락이 가로 막혔습니다. 박치기를 해서라도 깨부수겠다는 결의로 박치기하는 순간 내 머리는 온전하고 담벼락이 무너짐을 여러 차례 경험한 것입니다.

소련 정부는 후일 쿠데타 진압의 일등공신이 참부모님이심을 공식발표했고, 참부모님의 원리교육을 받은 3,500여 명의 젊은이가 아니었다면 소련은 또다시 스탈린시대로 후퇴하고 말았을 것임을 천명한 것입니다. 참부모님은 소련에 쿠데타가 발발할 것을 이미 꿰뚫어 보시고 불가능에 가까운 3000명 교육을 그토록 다급히 지시하셨던 것입니다.

쿠데타 분쇄는 소련의 평화적 해체를 위해 참부모님께서 날린 결정적 한방이었습니다. 이후 소련은 불과 4개월 만에 급격히 해체되었습니다. 그해 12월 8일, 벨라루스의 스타니슬라브 슈스케비치 대통령 주관 하에 러시아의 보리스 옐친, 우크라이나의 레오니드 크라우추크 대통령이 소비에트연방 해체와 독립국가연합 창설에 합의했습니다.

이들은 고르바초프 대통령에게 소련 해체 문서에 서명할 것을 재촉했습니다. 결국 1991년 12월 25일, 고르바초프 대통령은 소

군대 교육

비에트연방 해체 문서에 서명하고 대통령직에서 사임했습니다. 바로 크렘린궁에서 휘날리던 소련 국기가 내려졌고 이로서 한때 세계를 호령하던 공산주의 종주국 소련은 역사의 뒤안길로 사라지게 되었습니다. 소련의 평화적 해체는 인류역사상 가장 중요한 사건이며 세계 인류의 운명을 바꾼 최대 격변(激變)이었습니다. 이러한 위대한 성업을 참부모님께서 이루신 것입니다.

한편, 소비에트연방 해체를 추진했던 슈스케비치 벨라루스 대통령은 1992년 한국에서 열린 세계문화체육대전에 참석한 뒤 통일운동의 열렬한 지지자가 되었고, 참부모님으로부터 축복을 받아 축복가정이 되었습니다. 현재는 평화대사로서 활발하게 활동하고 있습니다.

소련에서의 '영적 인천상륙작전'

——————— 소련의 평화적 해체를 이루신 참부모님께서는 곧바로 소련 인민들 특히 청소년과 학생들을 구하시고자 대대적인 교육을 명하셨습니다.

구소련에는 15개 공화국이 있었고 러시아만 해도 21개 자치공화국이 있습니다. 우리는 참부모님의 뜻을 받들어 1992년 겨울·여름방학 기간에 대대적인 원리수련을 개최하기로 결정했습니다. 몇 명을 교육시키면 좋겠는가 물어보니 지도자들 대답이 "2~3백 명 정도 교육할 수 있겠다."는 지극히 현실적인 대답을 하였습니다. 우리가 계속 다그치니까 마지못해 2~3천 명 정도까지 해보겠다는 말이 나왔습니다.

나는 "우리가 앞으로 해야 할 교육수련은 소련에서의 인천상륙작전이다, 소련제국은 해체됐지만 공산주의 잔재를 청산하고 소련 인민 특히 공산권 2세들을 구하기 위해 어떤 희생이 있더라도 대규모의 영적 하늘편 인천상륙작전이 필요하다."고 역설했습니다. 나아가 "3천명에 영(0)을 하나 더 붙여 3만명을 교육시키자." 고 눈물로 설득했고 지도자들은 공감했습니다.

여름방학 때는 북쪽에 위치한 발트 3국인 라트비아, 에스토니아, 리투아니아에서, 겨울에는 혹한을 감안하여 따뜻한 흑해에서 수련할 계획을 잡았습니다. 수련장소로 과거 공산당의 각 기관이 지어놓은 '사나토리'(휴양소)를 10여개 확보하였고, 인원수송을 위해 기차를 대절하였습니다. 그때만 해도 구소련의 기차 요금은 매우 저렴했습니다. 기차로 모스크바에서 흑해까지 달리면 이틀이 걸리는데, 미화 10불이 채 못 되었습니다. 우리는 3일, 7일, 21일, 40일 등 다양한 일정을 구성하여 지속적으로 수련회를 가동했습니다. 구소련의 15개 공화국 전역에서 끊임없이 학생들을 기차로 실어 날랐습니다.

이렇게 해서 1992년 1년 동안 춘계, 하계, 동계방학을 이용해 총 3만여 명을 교육시켰습니다. 연초에 지도자 및 식구들을 설득하고 때론 독촉하며 결의했던 숫자가 정말로 현실이 되었습니다. 이것은 허구적 숫자가 아닙니다. 공식적인 자료가 남아 있습니다. 또한 이러한 엄청난 실적과 쾌거가 성취될 수 있었던 것은 원리로 무장된 연인원 300여 명의 미국 식구들이 강사와 스태프로 자원하며 협조해 주었기 때문입니다.

한편으로는 1992년부터 미국 학생들을 러시아로 초청하기 시작했습니다. 이번에는 러시아 식구 강사들이 미국 학생들에게 강의를 했습니다.

처음에는 미국 학생들에게 러시아 학생들이 영어로 원리강의를 할 거라고 하니까 아무도 믿지 않았습니다. 미국에서 초청된 학생들은 대부분 아이비리그 출신이었는데, 러시아 학생들의 원리강의를 듣고는 매우 놀라워했습니다.

원리세미나는 스탈린의 모르조프카(Morovka) 저택에서 열렸습니다. 그곳에서 무신론자로 자라온 러시아 학생들이 기독교인으로 성장한 미국 학생들에게 원리 교육을 하는 놀라운 일이 벌어진 것입니다.

구소련과 중국 등 공산권 국가에서의 모든 활동은 경제적으로 자립한 가운데 진행되었습니다. 처음 소련 학생 3천명을 미국에서 교육시킬 때는 참부모님께서 지원해주셨지만, 그 후의 모든 교육은 우리 스스로 자급자족했습니다. 물론 어려움이 많았지만 참부모님의 전력투구 정신으로 나아가자 모든 것이 가능했습니다.

03

신통일한국과 평화세계를 향하여

절대적인 참사랑의 기적

절대적인 참사랑의 기적

공산권 2세들을 위해 주신 하늘의 기회

참부모님께서는 공산권 2세들을 살리기 위해 말씀과 원리를 중심한 교과서를 만들 것을 지시하셨습니다. 말씀과 원리가 담긴 교과서를 공식적인 채널을 통해 전국 교육기관에 보급하기 위해서는 중고등학교 교과목으로 채택되는 것이 가장 확실한 방법입니다.

당시 우리가 입수한 정보에 의하면 소련이 해체된 후 1993년 1월경 미국 기독교 100여개 선교단체가 러시아 국가교육위원회와 함께 구소련 전 학교에 기독교 윤리교과목 도입 계획을 세우고 세미나를 개최한다는 사실을 알게 되었습니다. 그래서 우리가 먼저 나서지 않으면 기회를 빼앗길 수 있겠다고 직감하였습니다.

1992년 11월초 하늘이 주시는 절박하고도 절묘한 기회를 잡기 위해 즉시 세미나에 들어갔습니다. 당시는 같은 달 11월 22일 개최하기로 계획한 참어머님 크렘린궁 대회 준비만으로도 눈코 뜰 새 없었을 때입니다.

우리는 러시아 국가교육위원회와 협조하여 러시아 88개 오브라스트(미국의 주州 개념)의 교육위원회에 윤리 도덕을 중심한 특별세미나 참석 공문을 보냈습니다. 또한 흑해 연안의 크리미아반도 얄타에 수련소 15여 개를 확보하여 철저한 교육을 시행하고자 계획했습니다.

세미나에 각 교육 구마다 21명씩 교육자들을 초청, 2천명 가까이 참가했는데, 멀리서는 사할린, 캄차카, 시베리아 동북쪽 사하자치공화국 등지에서도 몰려왔습니다. 사하자치공화국에서는 눈이 펑펑 쏟아져 차가 다닐 수 없는 상황에서 비행장까지 썰매를 타고 왔다고 했습니다. 특히 우크라이나에서는 교장들로 구성된 단체가 참석하기도 했습니다.

참사랑을 중심한 절대 가치인 원리를 바탕으로 인격 교육, 순결과 참가정 가치 교육, 평화이념 교육을 받은 이들은 크게 감동하였습니다. "지금 소련 공산주의 해체 후 청소년들이 가치관의 혼란 속에 빠져 있다. 이 말씀이야말로 청소년들을 바른길로 인도할 수 있는 해법이 담겨 있다."면서 우리에게 교재 개발을 요청하기에 이르렀습니다. 참부모님 말씀의 위대함을 뼛속 깊이 느끼는 순간이었습니다.

만약 우리가 서둘러 세미나를 개최하지 않았다면 미국 기독교단체에 기회를 빼앗기고 완전히 기회를 잃어버렸을지도 모릅니다. 학교에서 학생들에게 참부모님의 말씀을 교육시킬 절호의 찬스를 영영 놓쳐버렸을 것입니다. 후일 접한 소식에 의하면 미국 기독교 선교연합단체는 우리에게 기회를 빼앗긴 것에 대해 자책하며 철야 회개기도 집회를 가졌다고 합니다.

예수님은 뱀같이 지혜로우라고 하셨는데 실제로 세상을 이기기 위해서는 세상보다 훨씬 더 지혜로워야 한다는 것을 깨닫는 좋은 경험이었습니다.

모스크바에는 지하철이 아름답게 잘 건설되어 있고 시간도 정확하게 맞추어 운행됩니다. 만약 하늘이 보낸 생명의 지하철이 우리 일생에 딱 한번 와서 잠시 문을 열었다가 바로 떠난다면 우리는 목숨을 걸고 타야 할 것입니다. 이렇듯 하늘이 주시는 일생에 한번 올까 말까하는 기회를 절대 놓쳐서는 안 되겠다는 신념으로 밀고 나갔습니다.

원리 말씀이 담긴 인성교육교재 개발

우리는 즉시 참부모님 말씀을 중심하고 학문적으로 체계화된 '인성 교육', '절대성 교육', '참가정 가치 교육', '평화이념 교육' 등 네 가지 내용을 담은 교과서 개발에 돌입했습니다. 공산권의 수많은 2세 학생과 젊은이들을 살리고 그들에게 참부모님의 말씀을 전해주겠다는 절박한 심정으로 교과서를 집필한 것입니다. 집필진은 미국과 구소련에서 각각 한 팀씩 2개 팀을

중고등학교 교과서 『나의 세계와 나』(구 소련권)

구성하여 4개월 남은 새 학기에 맞추기 위해 밤낮을 가리지 않고 전력 투입하였습니다. 우리는 이미 이러한 날을 대비해 수년 전부터 참부모님의 말씀 자료를 체계화하여 준비했기 때문에 짧은 시일 안에 집필이 가능했습니다.

이렇게 하여 나온 책이 러시아어판 『나의 세계와 나』 상·하(중고등생용) 두 권입니다. 영어로는 'My Journey in Life'(인생의 여정) 상·하 두 권이 출판되었습니다. 이때가 바로 1993년 4월이었습니다.

교과서 개발(구 소련권)

『나의 세계와 나』는 소련의 저명한 교육학자 비티나스(Dr. Bitinas) 박사가 편집 책임을 맡았는데, 그는 서언에서 이 책은 문선명 박사의 가르침을 중심으로 쓰여졌다고 명백히 밝혔습니다.

이 책은 많은 교육학자 그리고 교사들로부터 긍정적 평가를 받았습니다. 한 예로 러시아의 저명한 교육자인 소콜로프(Dr. Y.V.Sokolov) 박사는 "이 책은 매우 고귀한 목표를 갖고 있으며, 그것은 바로 학생의 인성이 정신적으로 계발될 수 있도록 영향을

Путь к поступку
Первая вершина
Дневник

Я
В МИР
ЛЮДЕ

Я
В МИР
ЛЮДЕ

Любовь
Жизнь
Семья
пособие
для
учителя

기타 교과서

МИНИЙ ЕРТӨНЦ БА БИ
Хайр дурлалын зам
Олон Улсын Боловсролын Сан

МЕНИН ДҮЙНӨМ
ЖАНА МЕН

МАНУ ДУНЁ
Дастур
барои
хонандагон

МӘНИМ ДҮНЈАМ
ВӘ МӘН
Бирлашмәја доғру јол

구 소련 각국 언어로 번역

주는 것이다. 교육 분야에 현실적으로 놓여 있는 큰 공백상태를 고려해 볼 때, 이 책이 학자들과 현장의 교사 모두의 관심을 끌고 있는 것은 당연하며 특별히 학생들의 교재로 이 방면에 얼마 동안은 유일한 책으로 남을 것이다. 이 책의 내용은 너무나 풍부하고 매우 많은 여러 영역들을 포괄하고 있어서, 단 한번 읽는 것으로도 큰 도움이 될 것이다."라고 증거했습니다.

스베틀라나 스미르노바(Svetlana Smirnova) 상트페테르부르크시의 교사는 "이 책은 교사, 부모 그리고 조부모들 등 모두에게 놀라운 발견이다. 이 책은 공기 그 자체만큼 오늘날 우리의 자녀들에게 중요하다."고 평가했습니다.

『나의 세계와 나』(상·하권) 교재는 교사 지침서, 부모 지침서와 함께 구소련 15개 공화국 국가교육위원회의 적극적인 지지를 받아 소련 전역의 중고등학교로 보급되었습니다. 우리는 교과목의 지속적 활용과 보급을 돕기 위해 '교사 훈련 수련회'라는 새로운 프로그램도 시작했습니다. 교사 훈련 수련회(TTW)에서는 교과 과정의 철학적 기초를 설명하며 이 교재를 가르치기 위한 다양한 방법론을 제시하였습니다. 토론, 운동, 게임, 연습시간이 포함되었고 교사들이 연극, 노래, 시, 춤 등 교과 과정의 기본적 주제를 표현하는 '심정의 날'(Day of Heart)이 수련회 일정에 포함되었습니다.

2000년 12월 통계에 의하면, 그동안 2만5천여 명의 교사들이 교사 훈련 수련회에 참석했으며, 20만부 이상의 『나의 세계와 나』 책자가 배포되었습니다. 구소련, 발트해 연안 국가, 몽골의 1

러시아 어린이들 책을 들고 기뻐하는 장면

만여 학교들이 이 교재를 사용했으며, 교사와 교육심리학자뿐만 아니라 사회 활동가, 학부모들도 이 책을 사용하고 있었습니다.

그 후 더 많은 연구와 구소련, 중국에서의 강의 경험을 살려 2000년에는 대학생용 『심정과 인격 배양』을 출간했고, 2001년에는 13개 강의를 8권으로 묶은 『인생의 목적을 추구하여』라는 8권의 책이 출간되었습니다.

참부모님 말씀을 중심한 이와 같은 교과서들은 인성 교육에 탁월하다는 평가를 받아 영어, 러시아어를 넘어 중국어, 몽골어,

아제르바이잔어, 타지키스탄어, 키르기스스탄어, 몰도바어, 아르메니아어, 라트비아어, 카자흐스탄어 등의 언어로 번역되었습니다. 또한 한국어, 아라비아어, 팔레스타인어로 번역되었으며 남미와 아프리카에도 보급돼 세계적인 인성교육교재로 널리 활용되고 있습니다.

우리는 인성교육교재 편찬을 통하여 참부모님 말씀이 자유세계를 넘어 공산세계까지 청년학생 2세는 물론 온 인류를 구하는 가르침임을 절실히 실감했습니다. 또한 "하늘은 반드시 기회를 주신다. 하늘의 기회를 절대 놓치지 말고 붙들어야 한다."는 신념을 갖고 밀고 나가면 반드시 역사해 주심을 깊이 체휼했습니다.

사생결단의 크렘린 작전

―――――― 1992년 11월 22일, 참어머님을 모시고 역사적인 '참부모와 성약시대' 강연대회를 크렘린 궁전에서 할 수 있도록 준비하고 있었습니다. 7천여 명을 수용할 수 있는 크렘린 궁전 극장에 참어머님을 모시고자 한 것입니다. 또한 만약을 대비해 두번째로 수용 인원이 큰 '10월 극장'을 예약했습니다. 10월 극장은 3천여 명을 수용할 수 있는 곳인데, 크렘린 궁전 극장이 여의치 않을 경우에 차선책으로 사용할 생각이었습니다.

그런데 크렘린궁 사용은 옐친 대통령의 서명이 필요했습니다. 마침 그때가 옐친이 한국 방문 후 돌아오는 시점이었습니다.

레닌동상 앞에서 축복을 받고 찍은 사진(1995년 8월 25일)

참어머님 연설 전날까지 크렘린 사용허가를 받기위해 옐친의 보좌관을 만났지만 옐친 대통령이 분명한 지시를 내리지 않았다는 이유로 사용허가를 내주지 않았습니다.

우리는 크렘린을 빌리기 위해 대회 전날 밤늦게까지 노력했지만 수포로 돌아가자 결국 대회 전날 밤 11시에 '10월 극장'으로 옮길 것을 최종적으로 결정하였습니다.

상트페테르부르크에서 이미 2500명이 기차를 타고 모스크바로 오는 중이었습니다. 우리는 대회 장소가 10월 극장으로 변경되었음을 알림과 동시에 오기로 약속됐던 수천명의 초청자들에게 "대회에 오지 마시오. 장소가 비좁으니 다음에 초청하겠습니다."라고 호소할 수밖에 없었습니다. 그럼에도 불구하고 10월 극장에는 5천명의 인파가 몰렸습니다.

그날은 눈이 펑펑 내리는 무척 추운 날이었습니다. 경찰들은 바리게이트를 설치해 인파가 더 이상 극장 안으로 들어올 수 없도록 했습니다. 만약 그 많은 인파가 극장 안으로 밀려든다면 유리창이 깨지는 것은 물론 건물 전체가 아수라장이 될 것은 불 보듯 뻔했습니다. 그런데 10월 극장은 다른 단체에서 같은 날 아침 9시부터 오후 1시까지 사용하기로 이미 예약이 되어있었습니다. 참어머님 강연이 오후 4시였기 때문에 불과 3시간 안에 모든 것을 준비해야 했습니다.

결국 오후 1시부터 수천 명의 인파가 몰려와 들여보내 달라고 아우성쳤습니다. 만반의 준비를 다한 결과 참어머님께서는 입추의 여지없이 모인 구소련 사람들에게 감동적으로 하늘의 메시지를 선포하셨습니다.

구소련에서의 첫번째 강연을 승리적으로 마치신 참어머님께서는 다음날 축승회 때도 식구들에게 "지금 구소련의 통일운동은 시작단계이므로 처음부터 올바른 하늘 전통을 세워야 한다."고 당부하시며 은혜로운 말씀과 사랑으로 품어주셨습니다.

1992년 11월, '10월 극장'에서의 대회는 무사히 마무리되었지만 참어머님을 크렘린에 모시는 일은 실패로 돌아가고 말았습니다. 내년에는 기필코 참어머님을 크렘린궁에 모시겠다는 신념을 가지고 기도 정성의 기반을 쌓아 나갔습니다.

마침내 이룬 크렘린궁 참어머님 대회

그로부터 1년의 세월이 흐른 1993년 11월 21일, 참어머님을 모실 수 있는 기회가 다시 찾아왔습니다. 이번에는 반드시 크렘린궁에 모시겠다는 굳은 각오와 신념으로 모두가 정성을 모았습니다. 그러면서도 만약의 사태를 대비해 모스크바대학교 강당을 예약해 놓았습니다. 그런데 대회 1개월 전 모스크바대학 측이 취소를 통보해 왔습니다. 전기 상태가 불량하다는 핑계를 대며 강당 대관을 철회한 것이었습니다.

대비책으로 마련했던 장소가 없어졌으니 이제는 목숨 걸고 크렘린을 뚫어야만 했습니다. 그런데 참어머님께서 모스크바에 오시는 3일 전까지도 허가가 나지 않는 것입니다.

참어머님 크렘린 강연(1993년 11월 21일)

그 다음날도 마찬가지였습니다. 그때 저와 스태프들의 심정이 어떠했겠습니까? 지금도 그때 일을 생각하면 등줄기에 식은땀이 흐릅니다.

철옹성 같았던 크렘린의 문은 대회 하루 전날 밤에서야 기적적으로 열렸습니다. 허가를 받으려고 동분서주하다보니 참어머님께서 공항에 도착하셨음에도 불구하고 책임자인 저는 영접을 나갈 수 없었습니다. 그만큼 절박하고 긴박한 상황이었던 것입니다.

당시 크렘린궁 사용허가가 나지 않은 것은 한 달여 전인 10월 초 옐친 정부와 의회 사이에 정치적 충돌이 벌어져 비상사태가 발생했기 때문입니다.

참어머님 크렘린 강연(1993년 11월 21일)

그리하여 크렘린에서는 어떤 집회도 허용되지 않았습니다. 게다가 대회가 임박한 무렵에는 크렘린 사용에 대한 최종 승인권을 가진 옐친 대통령의 행방까지 묘연했습니다. 우리는 크렘린 사용 허가를 받기 위해 끝까지 싸울 수밖에 없었습니다.

크렘린의 행정실장, KGB 책임자 등 고위간부들을 접촉해 설득하며 간절히 호소했습니다. 마지막 순간까지 희망의 끈을 놓지 않았습니다. 그 결과 대통령의 사인 없이 크렘린을 중심한 핵심간부들의 만장일치 대리 승인으로 대회 전날 밤에야 허가를 받을 수 있었습니다.

그때 우리 모두는 하늘의 역사하심을 다시금 체휼하였습니다.

도저히 믿을 수 없는 엄청난 기적을 경험한 것입니다. 마침내 크렘린궁에서의 참어머님 대회는 대성황을 이루어 큰 승리로 결실되었습니다.

1993년 11월 21일, 이날은 참어머님께서 전 세계 공산주의 운동의 심장부인 크렘린궁에서 당당하게 하늘 말씀을 선포하시고, 소련의 전 인민을 새로이 낳아주시는 역사적이며 감격적인 날이 되었습니다.

이렇듯 참어머님께서 이루신 크렘린궁 대회의 승리는 중국과 북한 공산당에까지 큰 영향을 끼친 섭리적으로 매우 중요한 성업으로 자리매김하였습니다.

기적을 일으키신 참부모님

———— 1994년 3월 26일, 참부모님의 말씀과 업적에 감화된 고르바초프 전 소련 대통령이 참부모님께 감사인사를 드리고자 서울 한남동 공관을 방문하였습니다. 그날 고르바초프는 "절대적인 참사랑을 알게 해주신 문 총재님 양위분께 감사인사와 하나님의 섭리가 진전될 수 있도록 노력하겠다."고 말했습니다.

그날 고르바초프를 모시고 온 수석보좌관이 저에게 이런 말을 했습니다.

"소련에는 네 가지 기적이 있습니다. 첫 번째 기적은 1990년에

참어머님과 함께(전 겨울궁전 앞)

소련의 최대 적이었던 문선명 총재 양위분이 모스크바 크렘린궁에서 고르바초프 서기장을 만난 일이며, 동시에 모스크바 대회를 직접 주도하시고 성사시킨 일입니다.

두 번째 기적은 문 총재님께서 소련 학생 3500명을 미국에 데려가 교육시킴으로서 소련의 군사 쿠데타를 막고 소련을 위기로부터 구해 주신 것입니다.

세 번째 기적은 한학자 여사께서 1993년 11월, 그 당시 비상사태가 선포되어 도저히 행사가 불가능한 상황임에도 크렘린궁에서 강연하신 것입니다.

네 번째 기적은 고르바초프 대통령이 오늘 이렇게 문 목사님 양위분께 감사를 표하기 위해 몸소 한남동 자택을 방문한 것입니다."

그는 문선명 한학자 총재 양위분께서 자기가 도저히 이해할 수 없는 이러한 네 가지 기적을 이루셨다고 감탄하며 고백했습니다.

공산주의 종주국에 통일교회 등록

——————— 모든 악조건을 극복하고 필사적인 노력 끝에 1992년 5월 21일, 통일교회가 러시아에 공식적으로 등록되는 쾌거를 이루었습니다. 역사상 최초로 공산주의 종주국인 러시아연방 법무부에 합법적 단체로 통일교회가 인정받은 것입니다. 이는 섭리사에 있어 매우 중요한 사건이 아닐 수 없습니다.

문총재님 방문한 고르바초프(한남동 공관, 1994년 3월 26일)

그 후 러시아 의회는 새로운 법을 제정했습니다. 이미 등록되었으나 러시아 내에서 활동 역사가 15년이 되지 않은 모든 종교단체는 2000년 12월 31일까지 러시아 법무부에 재등록해야만 하도록 했습니다. 이 법은 러시아정교회가 달갑지 않게 생각하는 외래 종교들을 제거하려는 시도였습니다. 재등록되지 않은 종교단체는 불법단체가 되는 것입니다.

우리는 이 법이 제정된 이후 3년 동안 재등록 신청을 했지만 여섯 번이나 거절당했습니다. 그러나 끊임없는 노력과 정성이 하늘에 닿아 2000년 12월 21일, 재등록 마감일을 10일 남겨놓고

마침내 정부로부터 러시아 통일교 재등록 승인 공식서류를 발급받았습니다.

저는 이 기쁜 소식을 보고 드리기 위해 참부모님을 찾아뵈었습니다. 2000년 12월 31일, 2000년의 섭리적 활동을 마감하시고 2001년 하나님의 날 0시 집회가 시작되기 한 시간 전, 참부모님께서는 어려움 속에서 값지게 얻어낸 러시아 통일교회의 재등록 서류에 사인해주셨습니다. 이 사인은 참부모님께서 해주신 2000년의 마지막 사인이 되었습니다.

이렇듯 1992년 5월 21일, 러시아 법무부 승인으로 법적 등록을 마치고 공식 출발한 러시아 통일교회는 대학생 중심한 전도로 많은 식구와 축복가정을 배출하였습니다. 구소련 전역에서 수많은 2세들이 참부모님의 자랑스러운 자녀로 건강하게 성장하고 있음을 볼 때, 참으로 가슴 뿌듯하고 감개무량합니다.

04

신통일한국과 평화세계를 향하여

뜻 위한 불변의 심정, 하늘은 반드시 역사하신다

뜻 위한 불변의 심정,
하늘은 반드시 역사하신다

구소련 개척에 사활을 걸고 대대적인 교육활동을 펼치고 있었던 1994년 4월 중순경이었습니다. 참부모님께서 "너 몽골에 가라."는 지시를 내리셨습니다. 깜짝 놀라 깨보니 꿈이었습니다. 장소는 바퀴벌레가 우글거리는 모스크바의 허름한 아파트, 시간은 새벽 2시 30분이었습니다.

참부모님께서는 그렇게 몽골 개척을 저에게 지시하셨습니다. 그 당시 소련에는 통신시설이 미비해서 멀리 있는 우리 식구들에게 전화하려면 두세 시간 걸릴 때였습니다. 그러므로 참부모님께서 전화로 지시를 내리시기가 매우 어려운 상황이었습니다. 또한 제가 구소련 15개 공화국을 바쁘게 다니고 있었으므로 전화 받기가 더욱 어려웠습니다. 부모님께서 지시하시는 가장 확실한 방법은 무엇이겠습니까? 바로 꿈입니다. 꼼짝없이 지시를 받을 수밖에 없는 것입니다.

하늘이 준비해 주신 몽골 섭리

───────── 러시아는 연방으로 그 안에 21개의 자치공화국을 포함하여 88개의 주(州, 오브라스트)가 있습니다. 그중 2개의 몽골계통 자치공화국이 있는데, 하나는 바이칼 호수 오른쪽에 있는 부리야트공화국, 또 하나는 코카서스 지방에 위치한 깔미끼아공화국입니다. 그중 깔미끼아공화국을 하늘의 인도하심에 따라 1년 전인 1993년부터 개척하기 시작했습니다.

구소련은 거대한 지역입니다. 지구 육지의 6분의 1을 차지하고 있으며, 그 중 러시아는 국가 내에서도 11시간의 시차가 있을 정도로 광활합니다. 우리는 깔미끼아공화국에 들어가서 일룸지나프 대통령을 만났습니다.

그에게 이러이러한 목적으로 당신의 나라에 찾아왔노라고 이야기했더니 의외로 우리를 반갑게 맞이했습니다. 그는 우리를 적극적으로 돕겠다고 약속하면서 자신의 삶을 간증했습니다.

당시 이분은 33살의 젊은 대통령이었는데, 10여 년 전 모스크바의 국제관계대학을 다녔습니다. 이 대학은 소련 외교관의 80% 이상을 양성하는 특수전문대학으로 유명한 학교입니다. 이 대학의 학생이었을 때, 참부모님의 사상을 공부할 수 있는 기회를 갖게 되었다고 합니다.

어느 날 총장이 전교생을 강당에 다 모이게 한 후 참부모님 말씀을 복사해 나누어주면서 "문선명 총재는 소련과 공산주의의 역적이니, 타도하기 위해서는 이 사람의 사상을 공부하라."고 말했

몽고 초대 대통령 오치바르트

다는 것입니다. 반공의 지도자이신 참부모님에 대해 적개심을 불러일으키기 위해 공부를 시켰던 것입니다.

그런데 일룸지나프는 오히려 참부모님의 말씀에 감동을 받아 더 깊이 연구해야 되겠다고 생각한 것입니다. 또한 일본에서 유학했기 때문에 일본어로 된 참부모님 말씀을 구해서 열심히 공부했습니다. 그는 "나의 인생관을 바꿔주시고, 새로운 희망과 비전을 안겨주신 분이 문 총재님이시다.

내가 오늘날 대통령이 된 것은 문 총재님의 가르침 덕분이다. 문 총재님을 진심으로 존경하고 감사드린다."라고 증거하면서 우리를 적극적으로 도와주었습니다.

몽고 연수교육 강사 및 스태프와 함께

그러던 차에 참부모님께서 몽골에 가라는 지시를 하신 것입니다. 저는 다시 깔미끼아공화국 대통령 일룸지나프를 찾아가 참부모님께서 내리신 지시에 대해 자초지종을 설명하고 도움을 요청했더니 그는 만면에 미소를 지으며 "물론이죠"라며 응답했습니다.

그리고 나에게 "몽골 대통령을 비롯해서 국회의장 등이 다 내 친구입니다. 친서를 써드리고 면담 약속까지 해드리겠습니다. 또한 과거 몽골 러시아 대사관의 고위관리였던 나의 형님이 몽골 고위관리를 많이 아니까 형님을 대동시켜 드리겠습니다."라면서 엄청난 호의를 베풀어 주었습니다.

몽고 대통령 영접하시는 참부모님

이처럼 참부모님께서는 영적으로나 실체적으로 준비를 다해주시고 저에게 지시를 내리신 것입니다. 결코 불가능한 지시는 내리시지 않습니다. 항상 감사한 마음으로 참부모님의 지시를 받들어 기필코 이루어 드리겠다는 믿음과 신념으로 나아가면, 반드시 하늘이 역사해 주심을 다시 한 번 깊이 체휼하게 되었습니다.

그렇게 해서 몽골에 도착한 때가 1994년 5월 9일입니다. 이튿날 아침 저는 일찍 대통령궁에 가서 몽골이 소련 위성국가로부터 독립한 후 당선된 오치바르트 초대 대통령에게 참부모님의 뜻과 가르침을 전달했습니다.

그 후 오치바르트 대통령은 '몽골 250만 인민 가운데 제일 처음 참부모님의 말씀을 전수받은 사람'이라고 자랑스러워했습니다. 그리고 당시 우리를 대통령에게 안내한 비서실장은 그 후 국무총리가 되었습니다. 이어서 만난 분은 자스라이 국무총리였고, 그다음으로 국회의장, 담디수렌 국가교육위원회 위원장, 국립대학교 총장 등 최고위 인사들을 차례로 만날 수 있었습니다.

그들에게 "몽골이 소련으로부터 독립함으로써 앞으로 국민들 가치관의 혼란이 오는 것은 피할 수 없는 사실이다. 그러므로 학생들에게 올바른 가치관을 교육시켜야 하는데 그러기 위해서는 대학 교수와 고등학교 교사들을 먼저 교육시켜야 된다."고 설득했습니다.

정부의 동의를 얻어 그해 여름방학에 대대적인 원리교육을 계획했습니다. 그래서 러시아 브리아띠공화국의 수도 울란우데와 인접해 있는 바이칼 호수에 7개 수련소를 준비하여 4회에 걸쳐 대학 교수, 중고등학교 교사 등 1,200명 이상을 교육시켰습니다.

원리교육을 받은 중고등학교 교사들은 한결같이 말씀에 감동을 받고 학생들에게 가르칠 교과서를 만들어 달라고 적극 요청했습니다. 몽골의 교수들과 교사들의 반응을 통해 통일사상의 위대함을 다시금 깊이 깨닫게 되었습니다.

이미 러시아어로 된 교과서가 있었기 때문에 몽골 국가교육위원회의 도움을 받아 즉각적으로 몽골어로 번역, 보급했습니다. 이러한 활동은 우리의 선교에도 엄청난 효과를 가져왔으며 몽골이 바른 방향으로 나아가는 데 크게 기여했습니다.

참어머님 몽골대회(2006년 6월 16일)

이와 같은 사실을 2005년 2월 12일, 청평에서 열린 제5회 초종교초국가연합 정상회의 개막식에서 오치바르트 초대 대통령이 직접 증거했습니다. 그는 몽골 인민 중 자기가 제일 먼저 문 총재님의 제자를 만나 총재님의 가르침을 전수받았노라고 자랑스럽게 이야기했습니다. 그 중 일부를 소개해 드립니다.

"저는 대통령직을 맡고 있던 1994년 몽골에서 처음으로 문선명 총재님의 통일운동을 받아들인 사람입니다. 오늘 우리와 함께 이 자리에 있는 석준호 박사가 이 운동을 제게 소개시켜 주었습니다. 그의 극적인 간증에 의하면 문 총재님은 꿈을 통해 그에게 몽골에 가라고 지시를 하셨다는 것입니다. 몽골이 민주주의로 나아가고 있었던 1990년부터의 기간을 돌이켜 볼 때 1994년에 통일운동을 접하게 된 것은 의미 있는 일이었습니다. 문 총재님이 실시한 여러 프로젝트는 우리나라가 오늘날까지 정말 희망적인 방향으로 나아가는 데 많은 도움이 되었습니다. (중략) 1994년에 처음으로 문 총재님의 가르침을 받아들인 몽골 대통령으로서 저는 통일운동이 어떻게 우리나라에서 긍정적인 길을 제시했는가를 주시해 왔습니다. 그 당시로부터 다양한 활동들은 우리나라가 올바른 방향으로 나아갈 수 있도록 큰 도움을 주었습니다. 그것은 젊은 사람들의 윤리의식을 다시 세우는 것에서부터 시작되었습니다. 우리는 지금 우리 자신의 문화적 장점을 통하여 세계평화에 기여할 수 있다는 희망적인 사명을 받았습니다. 저는 몽골의 역사적 흐름이 영원한 세계평화를 선도하는 모델로서 기여할 수 있기를 바랍니다."

이렇듯 몽골 개척을 통해, 참부모님께서는 우리에게 어떤 지시를 내리실 때 미리 정성을 다하시어 준비해 주시고, 우리가 능히 할 수 있는 일을 지시하신다는 것을 새삼 깨닫게 되었습니다.

그리고 뜻을 위한 불변의 심정을 갖고 나아가면 하늘부모님과 참부모님께서 반드시 역사해 주시고 천운이 함께한다는 것을 깊이 실감할 수 있었습니다.

구소련, 몽골을 넘어 중국에서의 교육 활동

────────── 중국에서의 모든 활동은 국제교육재단(IEF, 국제교육기금회) 이름으로 진행됐습니다. 국제교육재단은 공산세계에서의 교육 활동을 보다 효과적으로 하기 위해 1990년, 참부모님께서

문 선명 총재 휘호

운남성 대리시 대리 의과 대학 학생 교수 연수 교육 후(1996년 3월 27일)

특별히 허락해주신 교육기관입니다. 구소련과 몽골에서 행해진 교육 활동의 성공적 결실은 중국으로 연결하는 토대를 닦았습니다.

러시아와 몽골의 교육부 장관들이 추천해주고 또한 중국 국제교류협회와 국가교육위원회의 협조를 받아 1994년 10월 26일, 중국에서의 국제교육재단 활동은 흑룡강성 하얼빈에서 3일간의 세미나를 개최하며 출발되었습니다. 참가자들은 통일사상 말씀을 듣고 충격을 금치 못했습니다. 호응은 가히 폭발적이었습니다.

중국 센젠시(1998년 7월 7일)

복경시 조양구 교장교육(1998년 9월 27일)

중국은 당시 21세기 초강대국을 꿈꾸는 인구 14억의 거대국가로서 등소평의 개방개혁 및 시장경제 정책으로 눈부신 경제발전을 이룬 반면, 윤리도덕이 파괴되어 각종 사회문제가 대두되고 있었습니다. 등소평은 '신선한 공기를 넣기 위해 창문을 열었는데 원치 않는 파리 떼가 많이 몰려왔다.'고 한탄했습니다.

중국은 이러한 심각한 윤리문제를 해결하기 위해 1996년부터 사회주의 정신문명 건설을 강력히 주창하면서 첫째 가정윤리, 둘째 사회윤리, 셋째 직업윤리를 강조하였습니다.

우리는 중국 정부의 적극적인 후원을 받아 연수교육을 실시했는데, 북쪽으로는 만주 지역의 하얼빈, 남쪽으로는 해남성의 산야, 동쪽으로는 상하이, 서쪽으로는 티벳의 히말라야 지역 라사에 이르기까지 모든 성(省)을 망라한 주요 도시에서 개최하였습니다.

참사랑과 심정을 중심으로 정신적 가치관과 물질적 가치관의 융합, 동양 가치관과 서양 가치관의 통일, 전통적 가치관과 현대적 가치관의 조화통일을 이룰 수 있는 참부모님의 사상은 새로운 차원의 포괄적이며 우주적인, 그리고 보편적이며 절대적인 가치관으로서 청중들을 매료시켰습니다.

교육 내용은 참부모님의 가르침을 중심한 인격 교육, 청소년의 순결 교육, 참가정 교육, 평화이념 교육 등 13개의 강좌로 구성되었습니다. 주로 2박3일 동안 진행됐고, 교육이 끝난 후에는 참가자 전원에게 수료증을 수여하였습니다.

중국 전역에서 교육을 실시하며 감동적이고 재미있는 일들이 많이 일어났습니다.

중국 북경 정법대학 학생 교육(1998년 4월 4일)

수련회에 참석했던 인사들이 증거하기를 '자신들은 사회주의 정신문명의 구호만 있고 내용이 없었는데 문 총재님의 사상과 가르침이 그 내용을 채워주고 있다.'고 말했습니다. 또한 오랫동안 중국의 전통적 가치를 잊고 살아왔는데 강의를 듣고 보니 중국 전통사상이 해외로 수출되었다가 더 차원 높고 현대에 맞는 사상으로 다시 수입되는 것을 느낀다고 감격스러워 했습니다.

하얼빈 세미나 후 중국 국가교육위원회 초청으로 북경의 1천여 개 초·중·고등학교 교장들이 참여한 교육이 실시되었습니다. 참가자들은 굉장한 열의를 가지고 교육에 임했습니다. 한 번은 교육 도중 교장선생님 한 분이 복통 때문에 앰뷸런스에 실려 병원에 갔습니다. 그런데 이 분이 서너 시간 이후 창백한 얼굴로 다시 교육 장소에 나타났습니다. "어찌된 일이에요?" 하고 물으니 "실은 의사가 하루 종일 꼼짝 말고 병원에 있으라고 했는데, 귀한 강의 내용을 한 말씀도 놓치지 않고 듣고 싶어서 몰래 빠져나왔어요." 라고 대답하고 "이틀 동안의 강의를 통해 지난 10년 동안 배운 것 이상의 것을 배웠다."면서 기뻐했습니다.

중국 국가교육위원회의 윤리도덕 담당 처장이며 저명한 교육자인 손학책 선생은 우리의 "교육내용이 매우 심오하고 탁월하여 잠에서 깨어나도록 일깨워 준다."고 평하였습니다. 이분은 북경 각급 학교 교장들을 위한 연수교육 실무 책임자였는데 여러 차례에 걸쳐 교육에 참가하여 모든 강의를 들었습니다.

그가 단순히 책임감을 갖고 의무적으로 본을 보이기 위해 계속 참가하는지 궁금해 "당신은 이미 모든 강의를 여러 차례 들었고,

교육을 수료한 경찰대학생들(장사시, 1998년 12월 13~14일)

다들 열심히 교육에 임하고 있으니 좀 쉬세요."라고 했더니 그분 말씀이 "당신들의 강의는 들으면 들을수록 감동이 되고 새로운 것을 깨닫게 된다. 그래서 내가 원해서 계속 듣는 것이오."라고 대답했습니다. 이처럼 참부모님 말씀은 놀라운 설득력, 포용력을 갖고 모든 참가자들에게 감화 감동을 주었습니다.

중고등학교 교장 교육은 북경의 모든 구를 망라하여 순차적으로 실시되었습니다. 국가기관의 지시여서인지 교장들은 2박3일

교육을 거의 한사람도 빠짐없이 참석하여 열심히 임했습니다. 이 점은 우리 자유세계에 사는 사람들이 본받아야 한다고 생각합니다.

그리고 중국의 광범위한 분야를 대표하는 20여 개의 전국 규모 단체들이 국제교육재단의 활동을 후원하였습니다. 연수 교육을 받은 분들로부터 감격스러운 소감이 많이 나왔습니다. 국제문화교류협회 사무총장은 "중국에서 외국인으로 가장 존경받는 분이 한사람 있습니다. 베이츈이라는 프랑스 의사인데 이 분은 1930년 항일전쟁 당시 전쟁터에서 수많은 중국 병사를 돌보다가 감염되어 돌아가셨습니다. 그런데 당신들을 볼 때 베이츈보다 더 훌륭하다고 느껴집니다. 중국을 도덕적 위기로부터 구하기 위해 헌신적으로 일하는 여러분께 진심으로 감사드립니다."라고 소감을 발표했습니다.

중국범죄연구소 부소장 궈 박사는 "여러분의 언행일치 생활모습을 보고 감명 받았습니다. 고귀하고 헌신적인 활동은 중국 역사에 기록될 것입니다. 당신들을 보내주신 문선명 총재님께 감사를 전해주세요."라고 말했습니다.

중국 민주동맹 부주석 오수평 선생은 우리의 활동에 감사하면서 "문 총재님은 큰 덕을 갖추신 위대한 분, 만수무강을 기원합니다."라고 말하였습니다. 그 외에도 많은 감동적인 소감들이 쏟아졌습니다.

중국 호북성 우한시 화중사범대학(1998년 12월 11일)

家庭伦理与人格教育讲习研讨会 98.12.20-21
SEMINAR ON FAMILY ETHICS AND CHARACTER EDUCATION
中国民主同盟妇女委员会、文化教育委员会 中国社会科学院妇女研究中心 国际教育基金会
WOMEN'S COMMISION AND EDUCATIONAL COMMISSION,CDL WOMEN'S STUDY CENTER,CASS INTERNATIONAL EDUCATIONAL FOUNDATION

중국 민주동맹(제일 야당, 1998년 12월 21일)

참어머님 인민대회당 대회 대승리

1993년 11월 21일, 모스크바 크렘린궁에서의 참어머님 대회 승리 이후 6년이 흐른 1999년 5월 29일, 이번에는 중국 인민대회당에서 참어머님 말씀집회가 거행될 예정이었습니다.

중국은 세계적인 경제대국의 면모를 갖추고 있어 자유로워 보이지만, 정치체제는 여전히 공산당이 주도권을 가지고 있는 공산주의 국가입니다. 그런 체제 속에서 참어머님 말씀 집회가 열린다는 것은 결코 쉬운 일이 아닙니다.

참어머님께서는 참가정세계화전진대회 세계순회강연의 마지막 행선지를 중국으로 정하시고, 몽골을 거쳐 대회 전날 북경에 도착하셨습니다.

그런데 대회 전날 밤 9시경 꿈에도 예상치 못한 문제가 터졌습니다. 중국 정부로부터 "내일 인민대회당에서의 집회를 불허한다."는 일방적인 통보가 날아든 것입니다.

저는 심장이 멎는 듯 얼굴이 새파랗게 질리고, 다리 힘이 풀려 휘청거렸습니다. "내일 아침 10시가 강연인데 바로 전날 이런 불허 통보를 하다니…." 스태프들은 "이제 어쩔 수 없다. 도저히 대회는 불가능하니 내일 아침 이곳 영빈관에서 우리끼리 조촐하게 하자."는 의견이 모아지고 있었습니다.

그렇지만 인류의 구세주 메시아 만왕의 왕이신 참부모님께서 하늘의 말씀을 선포하기 위해 중국까지 오셨는데, 정부에서 불허

복경 인민대회당에서 강연하시는 참어머님(1999년 5월 29일)

통보를 내린다고 포기할 수 있겠습니까? 참으로 망연자실의 상황이었지만 '결코 포기해서는 안 되겠다. 죽음을 각오하고 성사시켜야 되겠다.'는 결심을 갖고 밤 10시경, 인민대회당 관리 총책임자를 만나러 그의 집으로 향했습니다.

문을 세차게 두드리자 그는 잠이 들었었는지 눈을 비비면서 잠옷 바람으로 나왔습니다. 저는 무조건 그를 집안으로 밀고 들어가서 설득했습니다. 영계를 붙들고 간절히 설득하고 또 설득했습니다. 4시간여 경과한 새벽 3시경 마침내 그는 문책당할 것을 각오한다며 불허했던 강연회를 원점으로 돌려주었습니다. 지옥과 천국을 오가는 극과 극의 순간이었습니다.

참어머님께서는 그동안 말씀을 영어로 해오셨는데, 중국에서는 한국어로 강연하는 것으로 합의했습니다.

이른 아침 어머님께 "한국어로 강연하시게 됐습니다."라고 보고하고 한국어 원고를 드렸습니다. 그동안 영어로만 강연하셔서 당황하셨을 수도 있는 상황이었는데도, 어머님께서는 아무 말씀 없이 원고를 받아주셨습니다.

드디어 1999년 5월 29일 오전 10시 30분, 참어머님께서는 인민대회당에서 낭랑하고 호소력 있는 목소리로 당당하게 하늘의 말씀을 선포하셨습니다. 거대한 공산주의 중국의 심장부인 인민대회당에서 하나님을 선포하시고 참사랑을 가르치며 인생의 참다운 길을 밝혀 주셨습니다. 참석자들 모두의 심금을 울리고 감동을 주셨습니다.

전체 90분 행사에서 어머님께서 주신 말씀 시간만 50여 분이었습니다. 1시간 가까이 중국의 당고위 간부들에게 '인생의 가야 할 길'이라는 주제로 하나님의 말씀을 설파하시고 참사랑으로 품어주셨습니다.

참어머님께서는 참사랑으로 해산의 고통을 겪으시며 중국 인민들을 영적으로 낳아 주시는 역사적이고 섭리사에 매우 중요한 대회를 승리하셨습니다.

인민 대회당 강연

당시 축사는 전국인민대표회의 부위원장 우제핑과 전인대 상무위원이며 전인민해방군 탱크부대 사령관이었던 떵자타이가 했습니다. 대회가 끝난 후 참석한 귀빈들은 참어머님과 악수를 나누고 엄지를 치켜올리면서 감사를 표했습니다. 이와 같이 1999년 5월 29일 아침, 중국 북경 인민대회당에서 열린 참어머님의 역사적인 '참가정세계화전진대회'는 기적적인 대성공을 거두었습니다.

이 대회가 끝나고 이튿날 참부모님께서는 '참부모님 동서양(지구성) 승리축하 선포'(1999.5.30, 미국 벨베디아수련소)를 거행하셨습니다. 그리고 6월 14일에는 '참부모님 천주승리 축하선포'를 서울 올림픽체조경기장에서 성대하게 거행하셨습니다. 이때 참아버님께서는 참어머님께 표창패를 드렸습니다.

나는 심각하고 절망적인 상황 속에서도 포기하지 않고 승리함으로써 참부모님의 섭리적 경륜에 일조했음을 감사드렸습니다. 만약 중국대회가 실패했다면 참부모님께서 이러한 뜻깊은 하늘의 선포가 가능했을까 생각하니 아찔한 생각이 들었습니다.

우리가 절대 포기하지 않고 사생결단으로 밀어붙이면 반드시 영계가 역사하여 주심을 다시금 깊이 깨닫게 되었습니다. 참어머님의 중국 인민대회당 대회는 섭리사에 큰 획을 긋는 대승리의 사건이었습니다.

중국 정부의 후원, 전국적 축복 확산

——————— 우리의 활동이 중국 사회에 긍정적으로 받아들여지고 교육 세미나 참석자들의 폭발적인 반응에 힘입어 활동 반경을 더욱 넓히게 되었습니다. 중국 국가교육위원회의 초청으로 윤리 교과서 집필진과 더불어 중국 2억5천만 명에 달하는 학생들을 교육할 새로운 윤리 교과서 개발을 위한 특별세미나를 개최하였습니다.

중국 사회 과학원 학자교육

담만생 중국교육과학연구회 도덕연구소장은 "국제교육재단에서 교육하는 가치관들은 중국의 인격교육 내용과 일치됩니다. 그분들과 함께 일하게 된 것을 매우 기쁘게 생각하며 그분들이 짧은 기간 동안 중국에서 이루어 놓은 업적에 깊은 감명을 받았습니다."라며 우리와 함께 교과서를 개발하게 되어 기쁘다고 말했습니다.

교과서 출판

상하이에서는 시교육위원회 후원으로 윤리도덕 교과서 집필진에 대한 교육을 실시하고, 함께 참부모님의 가르침을 중심한 『청소년 서약』이라는 세 권의 교재를 출판하였습니다. 북경수도사범대학에서는 수련회에 참석했던 학생들의 소감문을 포함하여 『청춘인격과 성교육』이라는 책을 출판하였습니다.

북경대학 출판물

또한 중국의 가장 영향력 있는 최고 학술기관인 중국사회과학원에서는 우리의 강의 13강좌를 모아 『가정윤리와 인격교육』 상·하 두 권의 책으로 발간했습니다. 그리고 중국의 가장 명문대학인 북경대학교에서는 『심정과 인격개발』 책을 중국어로 번역, 출판하였습니다.

사회과학원 출판물

국제교육재단 활동은 중국 사회의 광범위한 분야를 대표하는 전국적인 많은 단체들로부터 후원을 받았습니다.

그중 몇 개 단체를 소개한다면, 중국인민대외우호협회, 중국전국부녀연합회, 중국국가기관공작위원회, 중국민주연맹, 중국국제교육교류협회, 중국청소년범죄연구소, 중국인민문화촉진회,

북경 수도 사범대학(1999년 10월 31일)

중국 공자 기금회 교수 교육(2000년 12월 17일)

국제교육재단 중국 활동 10주년 기념 행사(인민 대회당중국, 2004년 12월 22일)

민정부 관리 간부학원 연수교육(1999년 11월 5~6일)

中华文化与和谐社会研讨会

中华文化复兴研究院、国际教育基金会、中国扇子艺术学会

人民大会堂 2005.3.23

중국 문화 부흥연구원 연수 교육(인민대회당, 2005년 3월 23일)

중국총공회, 중국국제문화교류중심 등이 있습니다.

그리고 교육 대상은 점차 확대되었습니다. 고등법관과 변호사 등 사법계 지도자들을 위한 교육도 몇 차례 실시했는데, 그 중 하나는 미국 브리지포트대학에서 개최된 세미나로 참석자들은 미국 대법원과 상원을 방문하여 상원의원들과 담화를 나누기도 했습니다.

센젠시와 충칭시에서는 공산당의 청년단 간부 및 청년 지도자들을 대상으로 세미나를 열었고, 항조우시의 경찰대학에서는 대대적인 환영을 받으며 세미나를 개최하였습니다. 모택동의 고향

복경 농업대학 연수교육 강의장면(2005년 5월 16일)

과 가까운 장샤시에서는 400여 명의 경찰대학생들이 진지하게 교육에 임했습니다. 또한 범죄자를 교도하기 위한 교도관 및 죄수들에 대한 교육도 실시했습니다.

천진시에서는 100여 명이 넘는 청소년 죄수들이 교육받았으며, 교육이 끝난 후 전원이 국제교육재단이 준비한 청소년 순결서약을 낭독하고 서명했습니다.

중국 인민해방군 장갑병 공정학원(2005년 5월 22일)

북경의 민정부 간부학원, 북경대학, 청화대학, 중국정법대학, 북경사범대학, 협화의과대학, 북경수도사범대학 등 북경의 주요 대학들을 비롯해 중국 전역의 수많은 대학에서 학생들을 위한 교육 세미나를 열었습니다. 교육을 받은 대학생들은 순결한 삶, 봉사·헌신 생활을 하겠다고 선서하고, 청소년 순결서약 카드에 서명했습니다.

상해 각급학교 대표. 1,000명 순결서약식 주관(1998년 10월 17일)

장여균 선생은 중국 공산주의 청년단의 전 지도자이자 주은래 전 수상과 절친한 동지인데, 다음과 같이 말했습니다. "국제교육재단의 윤리도덕 교육이 우리나라에 큰 의미를 지니고 있기에 함께 일하는 것을 기쁘게 생각합니다. 4억 명에 달하는 우리나라 청소년 인구를 어떻게 교육시킬 것인가 하는 것은 비단 중국뿐만 아니라 세계에도 큰 영향을 미칠 것입니다."

1천명 중학생참석 상해 순결서약(1998년 10월 17일)

이렇듯 중국 정부와 주요 단체들의 협조로 우리 활동이 활기를 띠면서 라디오, 텔레비전, 잡지 등의 매체들도 국제교육재단의 활동을 대대적으로 소개하고, 우리 강의 내용을 인용 보도하기도 했습니다.

강소성 난징시 축복(1998년 11월 1일)

위생부(국가기관) 관리, 축복식(1999년 4월 2일)

중국에서의 활동은 중국 전역을 총망라했습니다. 22개 성 5개 자치구(신장 위구르, 티베트, 닝샤회족, 내몽골, 장족자치구)를 비롯해 4개 직할시, 특별행정구인 홍콩, 마카오까지 중국 32개 성급 지역마다 동분서주하며 매우 바쁜 일정으로 활동하였습니다.

1994년 10월 14일부터 중국에서 연수교육과 축복 활동을 시작한 이래 2010년 7월까지 257번(20번 해외세미나 포함)의 연수교육이 이루어졌고, 약 7만 명의 지도자급 인사들과 대학생들이 참석했습니다. 또한 우리가 진행한 교육 내용이 중국 100여개 단체에서 인터넷을 통해 보급되고 있음이 확인됐습니다.

소흥의 한 경찰간부는 청소년 범죄 방지에 대한 논문을 써서 중국의 권위 있는 법률 잡지에 기고했는데, 그는 논문에서 청소년의 범죄를 막기 위한 길은 "국제교육재단 석준호 총재가 설파했듯이 지도자들이 3대 주체사상을 실천해야 한다. 참부모 참스승 참주인의 사명을 다한다면 청소년의 범죄를 막을 수 있다."며 참부모님의 가르침인 3대 주체사상에 대해 자세히 논술했습니다. 그는 참부모님의 함자를 밝힐 수 없는 상황이라 내 이름을 밝힌 것입니다.

또한 중국 지도자들은 참가정 가치 교육 후 실시된 참가정 축복행사에 매료되었습니다.

축복행사는 각 사회계층의 모범가정 부부들이 2박3일 교육을 받고 참가했습니다. 이 행사에 많은 언론이 관심을 가지고 지켜보았고 긍정적인 보도를 해주었습니다.

首 页　团刊简报　团务公开　专题信息　领导讲话　文件库　团干论坛　网站地图

论青少年犯罪的原因及对策

发布:共青思维网站 2002-07-24 11:08:04　945 个人阅读

打印本文

来源:绍兴团市委

论青少年犯罪的原因及对策

绍兴市公安局团工委 邬红艳

包括青少年犯罪在内的犯罪问题，是十分复杂的社会问题。历史唯物主义认为：犯罪是一种社会现象，是人类社会发展到一定历史阶段的产物，是各种社会矛盾的综合反映。就实质而言，犯罪是一种反社会的行为，对社会的进步和发展起破坏、阻碍作用。所谓青少年犯罪，目前在国内的研究实践，一般是指14周岁以上、26周岁以下，违反我国刑法规定，构成犯罪的人员。

青少年的成长离不开特定的社会环境和该环境中的家庭和学校。然而如今，我国社会某些领域的无序和失控，无论是社会还是家庭和学校，都产生了令人担忧、急功近利的“重物质、轻精神”、“重智轻德”、“法律观念淡化”的短期行为，不断影响甚至是直接作用于身边的青少年。同时，青少年的认知能力还较低，思想道德水平不高，还未形成健全的人格，对社会尚缺乏适应能力，一旦得不到有效保护，极有可能走向违法犯罪道路。有资料表明，目前，青少年犯罪成员已占到全社会犯罪成员总数的70%--80%。青少年犯罪现象日趋严重，逐渐低龄化的严峻事实已为全社会敲响警钟，关心下一代的茁壮成长，减少甚至杜绝青少年违法犯罪应是全社会的共同责任和神圣使命。这是一项艰巨而紧迫的任务，是全社会面临的一个严峻和现实的课题。本文就探求预防、减少和遏制青少年违法犯罪的途径，如何有效积极引导青少年健康成长进行初步探讨。

一　青少年违法犯罪滋生和发展的原因

全社会都要热情关心青少年的成长。家庭、学校 社会要密切配合为他们创造良好环境；共青团、少先队、妇联、工会等群众组织要发挥各自的职能作用，团结和引导青少年追求进步；公、检、法、司等执法部门要依法做好失足青少年的惩治和改造工作；各有关单位要广开就业门路，做好待业青年，下岗青年、刑释解教青少年的就业、再就业工作。说到底，是要发挥国家的社会整合作用，在预防青少年犯罪这个问题上使各部门齐抓共管，形成合力。

（二）群众预防

就国家预防而言，青少年违法犯罪问题的群众预防是覆盖范围相对较小但较为直接的犯罪预防。犯罪预防措施在同青少年生活直接联系的家庭、学校、社区、社会组织等具体的社会环境内展开。这些预防措施针对性和操作性较强。笔者以为，结合当前青少年违法犯罪活动现状，群众预防应着重抓好以下几个方面：

1、确立“三大主体”角色，树立高度的责任感。

国际教育基金会总裁石竣昊博士号召家庭、学校、社会要努力完成“三大主体角色”，即成为真父母、真老师、真主人。成就这三种角色的中心要素是真爱。就父母而言，真爱的典范就是为子女而无私地生活的父母。父母也应当同时是真老师，不仅能够教导子女以正确的道德价值观，并且能够以身作则，成为遵守道德的最高典范，使子女有可以学习的好榜样。父母同时应当是真主人，对整个家庭及家中所有成员的生活和未来持有强烈的责任感，从而引导他们走向正确的人生方向。这“三大主体角色”也应该在更大的范围内实践。比如说，学校里的老师，首先应当成为真“父母”，把每一个学生都当作自己儿女一般疼爱；其次，一个老师应成为真老师，以言行一致的态度和方法来教育学生走正路；最后，一个老师应成为真主人，对学生的身心健康与幸福怀着强烈的责任感，如同对自己子女一样。一个社区、社会组织亦是如此。

抱着这种教育孩子高度的责任感，我们就必须做到：一是要稳定家庭结构。在上文笔者已充分阐述，家庭结构的健全和稳固程度和家庭成员行为是否规范等对孩子健康成长的重要性。所以，我们的家长要尽力使家庭保持稳定良好的结构素质，父母不要轻率地谈离合，要多为孩子的成长着想。二是家庭、学校都要擅于运用科学的教育方法。高尔基曾经说过：“爱孩子是连母鸡都会做的事情，但是教育孩子却是我们全社会的工作。”可见，爱孩子还要注意一个方法的问题，这也是一门值得研究的学问。总的来说，家长应该是民主型的，他们要尊重孩子的人格和自尊心，与孩子多进行沟通。对孩子要引导教育，不要采用生硬的教育方式。学校要本着发展学生的全面素质的目

소흥시 경찰간부 문총재님의 사상에 대한 논문 법률 잡지에기고

공자 탄신 2555주년 기념 교육후 축복(2004년 9월 28일)

공식적인 축복행사가 정부의 승인 하에 전국적으로 광범위하게 거행되었습니다. 중앙국가기관 주최 100쌍 축복(1998년 12월 9일), 중국 민주동맹 주최 100쌍 축복(1998년 12월 21일), 중화공자학회 주최 공자 탄신 2555주년 기념 180쌍 축복(2004년 9월 18일) 등 전국 각지에서 중국 정부의 허락 하에 공식적으로 30번에 걸쳐 거행되었습니다.

공자님 탄신 2555주년 기념 교육 및 축복·축복식(2004년 9월 28일)

중화공자학회 주관 교육후 축복(2004년 12월 18일)

2015년 8월 27일에는 인민대회당에서 역사적인 100쌍 축복식이 거행되었습니다. 중국 공산당의 심장부인 인민대회당에서의 축복 행사는 놀라운 하늘의 역사였습니다.

이 모든 축복 행사는 2박3일 교육 후 거행됐습니다. 총 30차례의 축복식이 참부모님을 대신하여 저희 부부 주례로 진행되었습니다. 축복식에 참석한 부부들은 각 기관에서 선발된 모범적인 가정들로서, 특히 중앙국가기관·주최 축복식에는 각 98개의 정부기관에서 고위관리 100쌍(200명)이 참여했습니다. 이분들의 성명, 기관 명칭, 직책까지 자세히 기록한 축복 행사 팸플릿을 지금도 보관하고 있습니다.

제가 이글을 쓰면서 당시 팸플릿을 다시 읽어보았는데, 축복받은 남편뿐만 아니라 부인들도 거의 대부분 고위 공직자임을

인민 대회당 축복후 기념사진

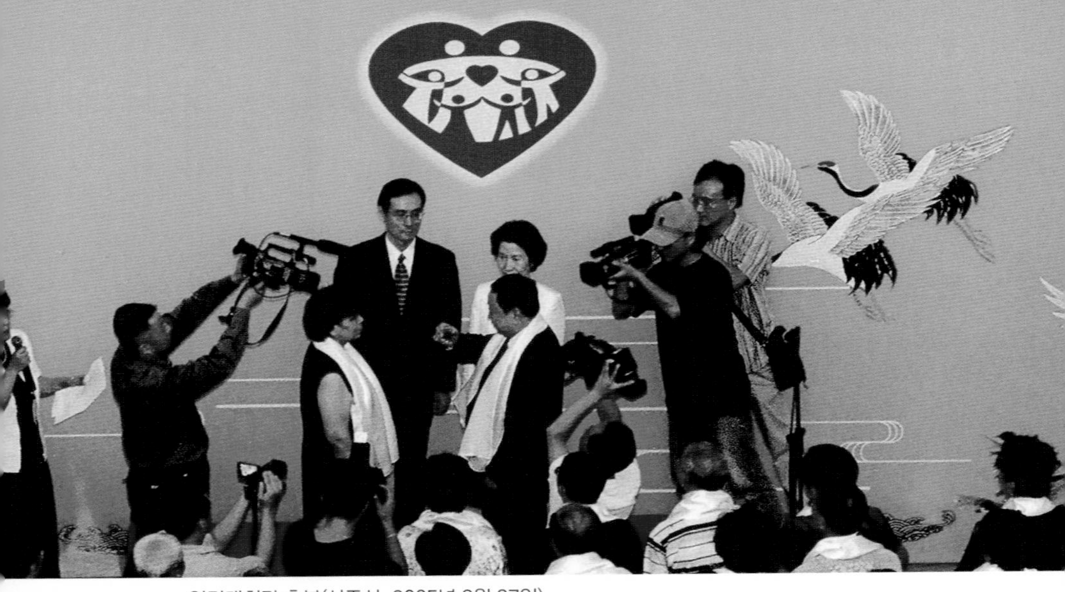

인민대회당 축복(성주식, 2005년 8월 27일)

인민대회당 축복(성혼선포)

북경 98개 국가기관 대표 교육 후 축복식(1998년 12월 9일)

재차 확인하고 놀라움을 금할 수 없었습니다. 공산주의 중국 정부 98개 기관에서 근무하는 고위 공직자들이 2박3일 교육을 받고 한국에서 온 저희 부부 주례 하에 축복받는 기적 같은 일이 벌어진 것입니다.

그리고 중국 최대의 자치구인 신강 위그르 자치구의 수도 우루무치에서 연수교육 및 축복식을 거행할 때는 국가 소유 7개 항공사와 자치구 정부소유 20개 항공사 대표를 비롯하여 120여 명이 전국 각지에서 몰려왔고, 우루무치 지역대표 180여명이 합쳐져 도합 300여명이 참가하였습니다.

우리가 공항에 도착했을 때 캐딜락을 몰고 와서 경찰차의 에스코트를 받으며 행사 장소에 도착했습니다. 참부모님의 은덕으로 중국 전국을 누비며 환영 속에 참부모님의 말씀과 사상을 전할 수 있음에 참으로 감사하고 감격스러운 마음을 금할 수 없었습니다.

당시 24개의 언론에서 행사를 취재하였고, 축복 행사장 밖에 축복에 관련한 구호를 담은 여러 현수막들이 큰 풍선에 달려 공중에 떠 있었습니다. 각종 전시물 및 행사 준비에 너무 스텝들이 고생하여 두 명은 병이 나서 병원에 입원하기도 하였습니다.

축복식은 항공사 소유 현대식 극장에서 진행되었고, 성주식 때는 아리따운 승무원들이 대거 동원되어 성주를 분배하고, 그들도 성주식에 참석하였습니다.

중국의 석유, 금융, 건설, 철도 및 나아가 중·고·대학까지 아우르는 방대한 조직인 총공회의 간부들이 참석하였기 때문에 참으로 성대하게 이루어졌습니다. 전국 민항 총공회 부주임 조 선생은

중국 신장 위구루 자치구 우루 무치시 중국 총공회 주최 교육(1998년 9월 9일)

3대가 함께 축복 참여(사천성 성도, 1998년 5월 19~20일)

북경에서 날아와 자리를 빛내주면서 북경에서의 행사도 제안하기도 하였습니다.

이때는 젊은 네 쌍의 부부가 참석하여 기성 가정과 더불어 미혼 축복도 함께하여 더 의미가 있었습니다. 이와 같이 중국에서의 축복 활동이 정부의 협조 하에 대대적으로 이루어지면서 참부모님의 사랑과 은혜가 중국 전역에 넓게 확산되어 감을 느끼며 참부모님께 감사의 보고를 올렸습니다.

사천성의 청두에서는 조부모, 부모, 자녀 3대가 함께 축복을 받았고, 북경에서는 93세의 노부부가 참여하여 기쁨의 눈물을 흘리기도 했습니다. 센젠시에서는 가정 주간을 선포하고 대대적인 참가정 가치 교육과 더불어 축복행사를 거행했습니다. 축복받은 모든 부부들은 참사랑의 참다운 가정을 이루겠다고 다짐하며 환하

아름다운 신랑 신부들(북경 경도 신원, 2004년 12월 8일)

게 웃었습니다.

중국에서의 모든 축복 행사는 참부모님을 대신하여 저희 부부가 직접 주례를 하였고, 257번의 연수교육에도 저는 사정상 단 한번만 빠지고 모든 세미나에 참가하여 직접 주관하였습니다. 한 번 빠졌을 때도 제 아내가 대신 참가해서 주제강연을 했습니다.

위에 열거한 모든 통계 숫자는 1994년 10월 26일부터 2010년 7월 2일까지의 통계이며, 『평화의 문화를 향하여』(부제: 국제교육재단의 중국 활동) 제목의 두권의 앨범에 공식적으로 자세히 기록되어 있습니다.

이렇듯 참부모님께서는 심각하고 절박한 심정으로 중국을 살리기 위한 숨 가쁘게 섭리를 진행해 오셨습니다. 참부모님께서는 인구 13억의 거대한 공산주의 국가 중국을 복귀하기 위하여

축복 성주식(산동성 청도시, 1998년 6월 12~13일)

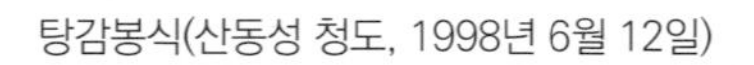
탕감봉식(산동성 청도, 1998년 6월 12일)

산동성 태안 태산앞에서(2002년 5월 22일)

영원한 참가정이 되기를 기원하는 축원의 말씀(북경 이상가화 문화중심, 2005년 9월 25일)

축복식에 참가한 행복한 신랑 신부(세계화인연합회, 2005년 8월 28일)

말씀과 통일사상의 씨앗을 뿌리셨고, 마침내 축복의 결실을 거두셨습니다. 그 누구도 뽑을 수 없는 참사랑의 뿌리를 굳건히 내려주신 것입니다. 지금도 인터넷과 인성 교육 및 참가정 가치 교육 책자를 통해 참부모님의 말씀과 사상이 중국 전 인민에게 전파되고 있습니다.

05

신통일한국과 평화세계를 향하여

세계의 중심국가로 우뚝 설 신통일한국

세계의 중심국가로 우뚝 설 신통일한국

지금까지의 사상은 인간을 중심한 사상으로 갈등과 전쟁의 위협에서 인류를 벗어나게 하지 못하였습니다. 공산주의 사상은 유물론과 무신론에 입각하여 인간의 존엄한 가치를 드러내지 못합니다. 자유민주주의 사상으로도 한계가 있습니다. 극도의 인본주의와 개인주의는 쉽게 이기주의로 변질되어 인류의 평화적 공존을 가로막습니다. 자유의 가치를 높이고 진정한 평등을 꽃피우려면 보다 차원 높은 새로운 사상이 필요한 것입니다.

이러한 사상은 공산주의자도 자유민주주의자도 두 팔 벌려 환영할 수 있는 사상이어야 하며, 지금까지의 공산주의와 민주주의의 한계를 넘으면서도 두 사상을 포용하여 조화시킬 수 있어야 합니다. 그 사상이 바로 두익사상(頭翼思想)이요, 통일사상입니다.

두익(頭翼) 통일사상

이 사상은 참사랑을 본질로 하여 인간의 사지백체를 움직이는 두뇌와 같이 중심이 되는 사상이므로 두익사상이라고 합니다. 또한 화해와 통일을 지향하는 참사랑의 사상이며 새로운 차원에서 우익과 좌익을 포용하는 사상이므로 통일사상이라고도 합니다. 자유와 평등의 가치를 동시에 실현하고, 공생(共生) 공영(共榮) 공의(公義)의 가치를 이루는 사상입니다.

우리 한 민족 더 나아가 세계 인류의 꿈과 이상을 실현해 주는 새로운 사상, 함께 살고 함께 번영할 수 있는 길로 인도하는 사상입니다. 누구나 들으면 가슴이 뛰고 박수를 치며 환영할 수밖에 없는 새로운 사상이요 새 진리입니다.

두익 통일사상(통일원리 포함)은 세계 만민의 지도 이념으로서 인간의 두뇌에서 나온 사상이 아니라 메시아·구세주·참부모로 오신 문선명·한학자 참부모님 양위분께서 하나님으로부터 계시를 받아 설파한 새로운 진리요 사상인 것입니다. 그러므로 이 사상은 하나님주의라고도 합니다. 하나님주의란 하나님의 실재와 하나님의 속성을 명확히 밝히고, 대립하는 종교 간의 화해와 통일을 지향하는 사상임을 의미합니다.

또한 무신론과 유물론을 극복하면서 우익과 좌익의 사상을 고차원에서 통일함은 물론이요 종교의 대립, 사상의 대립, 민족의 대립, 인종의 대립을 극복하여 인류 대가족을 실현하는 사상입니다.

인민대회당 강연후 참어머님께서 사인해 주신 사진

두익 통일사상은 공산주의의 문제 요소를 분명히 밝힐 뿐만 아니라 동시에 민주주의 사회의 결점도 밝힘으로서 인류가 지향해 나가야 할 새로운 길인 공생·공영·공의주의 사회를 제시하고 있습니다. 두익 통일사상의 광범한 내용에 대하여는 구체적인 설명은 생략하고 그 요점만 간단히 기술하도록 하겠습니다.

두익 통일사상 곧 하나님주의는 하나님과 영계, 그리고 양심의 도리, 심정과 참사랑에 대해 확실히 알려주는 사상입니다. 이 사상은 하늘부모님과 인간은 부모와 자녀의 관계임을 밝혀주고 하나님의 실존을 넘어서서 하나님의 심정까지 체휼케 해줍니다. 또한 영계의 존재를 명확히 이론적으로 설명하고 더 나아가 영계를 체휼케 해주는 사상입니다.

이 말씀을 공부하면 영계의 존재를 부정하려야 부정할 수 없습니다. 이로써 무신론에 입각한 공산주의 이론은 거짓임이 명백히 밝혀지게 됩니다. 또한 모든 인간은 어머니 뱃속(물)에서의 삶, 다음으로 지상(공기)에서의 삶, 마지막으로 육신을 벗고 영계에서 참사랑의 공기를 마시며 사는 영원한 삶, 이러한 3단계 삶을 산다는 진리를 확실히 알려 줍니다. 그리고 양심(본심)은 우리의 부모요 스승이요 주인이므로 양심의 명령에 따라 행동할 것을 일깨워 줍니다.

두익 통일사상은 인간의 본질은 심정이고 심정에서 참사랑이 용솟아 오름을 밝혀줍니다. 심정은 통일과 행복의 바탕입니다. 그러하기에 심정을 기반 한 효정의 가치가 얼마나 중요한지 깨닫게 합니다.

인생과 천주(天宙)의 절대적이고 보편적인 가치, 참사랑은 주고 또 주고, 준 것을 잊어버리고 또 주는 사랑입니다. 참사랑은 최고 빠르고 가까운 직단거리로 통합니다. 또한 모든 존재는 성상(性相)과 형상(形狀) 그리고 양성(陽性)과 음성(陰性)의 이성성상(二性性相)이 주체와 대상의 상대적 관계를 맺음으로서 존재하게 됨을 가르쳐 줍니다.

주체와 대상의 수수작용을 통해 생존과 번식, 작용을 합니다. 정분합작용에 의하여 정(正: 심정 또는 목적)을 중심하고 2성의 실체대상으로 분립된 주체(主體)와 대상(對象)이 수수작용을 함으로써 합성일체화하면 사위기대(四位基臺)를 조성하게 됩니다. 따라서 사위기대는 창조목적을 완성한 선(善)의 근본적인 기대가 되는 것입니다.

이로써 두익 통일사상은 공산주의의 이론적 근거인 변증법적 유물론이 허구임을 밝혀주고, 그 대안으로서 수수법적(授受法的) 유일론(唯一論)을 제시해 줍니다. 또한 정반합(正反合) 이론의 오류를 명백히 밝히고, 정분합(正分合) 작용을 통한 조화로운 협조관계에 의하여 발전이 이루어진다는 것을 깨닫게 해줍니다.

두익 통일사상은 인간의 심정과 양심을 중심으로 전통 가치와 현대 가치를 조화통일, 동양의 가치와 서양의 가치를 융합통일, 정신문명과 물질문명을 조화통일시키는 우주의 절대적이며 보편적인 가치관이요 사상입니다. 참사랑은 직단거리를 통하기 때문에 통일사상이 가르치는 참사랑을 실천하게 되면 하나님과 부자의 인연을 맺어 하늘부모님을 모시고 더불어 영원히 행복한 삶을 영위할 수 있습니다.

절대적이고 보편적인 가치

———————— 두익 통일사상의 핵심은 애천·애인·애국사상입니다. 애천·애인·애국사상은 단군조상의 홍익인간 사상을 뛰어넘는 새로운 차원의 위대한 정신이요 사상입니다. 애천은 하늘을 사랑하며 바로 알고 하나님을 중심한 새로운 가치관을 세워 생활 가운데 실천하는 것입니다. 애인은 온 인류를 국가와 문화 종교를 초월하여 한 가족과 같이 형제자매로서 사랑하는 것입니다. 애국은 하나님과 인간이 이상(理想)하는 나라를 사랑하여 이루고자 하는 사상입니다. 사회와 국가와 세계의 번영과 평화를 이루는 데 이바지하고 자연환경을 잘 보존하자는 것입니다.

우리가 이러한 애천·애인·애국의 삼애사상(三愛思想)으로 무장하여 실천한다면 물질만능주의와 쾌락주의가 난무하는 사회를 변혁하여 하나님의 참사랑 이상을 실현하는 사회를 이루어 나갈 수 있습니다.

그리고 통일사상이 지향하는 세계는 하늘부모님 아래 한가족의 세계, 즉 심정문화세계요 공생·공영·공의주의의 세계입니다. 이러한 세계는 단군시조와 우리민족이 꿈꾸어 왔던 이화세계보다 훨씬 고차적인 하나님과 인류가 꿈꾸어온 참사랑의 심정문화세계입니다.

두익 통일사상은 이러한 세계에서 모든 구성원들은 하나님이 인류의 부모이심을 깨닫고 첫째, 개성완성, 둘째, 행복하고 건강한 가정완성, 셋째, 사회·국가·세계의 번영과 평화에 이바지하는 인재가 되어야 함을 명쾌하게 가르쳐 줍니다. 또한 절대성 윤리를 지키고 하늘의 순결한 혈통을 지켜야 함과 타인의 심정을 유린하지 말 것, 더 나아가 공금을 유용하지 않아야 할 의무가 있음을 논리적으로 가르쳐 줍니다.

두익 통일사상은 인간 책임분담의 중요성을 강조하고 하늘 뜻을 이루기 위해서는 반드시 인간이 책임분담을 완수해야 함을 일깨워 줍니다. 또한 잘못을 저지르면 원상으로 복귀하기 위해 탕감(蕩減)을 치러야 한다는 탕감의 원칙을 밝히고, 탕감혁명, 양심혁명, 더 나아가 참사랑혁명을 일으킴으로써 참다운 나, 참다운 가정을 이룬 기반위에 참다운 사회·국가·세계를 이룰 수 있음을 교시해 줍니다.

그러면 공생·공영·공의주의 세계는 구체적으로 어떤 세계이겠습니까? 먼저 공생주의는 경제적 측면 및 소유의 측면에 대해 '하나님의 사랑을 터로 한 공동 소유'를 추구합니다. 따라서 우리가 가지는 부를 하나님이 주신 선물로 여기고 공유하려는 마음을 가져야 합니다.

사적 재산의 경우는 타인에게 사랑을 베풀기 위해 소유했다고 여기고, 양심에 따라 자기 분수에 맞는 적정 소유를 지니면서 모든 경제활동을 감사와 조화가 함께 흐르는 물심일여의 삶을 살아가야 하는 것입니다. 공생주의를 바탕으로 경제생활을 영위한다면 빈곤과 고통에 빠진 이웃을 외면하지 못할 것이며, 더불어 잘사는 상향평준화를 이루어 갈 것입니다.

공영주의는 미래사회의 정치 특성을 '공동 정치'로 보고 있습니다. 공영주의는 하나님을 부모로 모시는 천부주의(天父主義)를 중심한 형제주의적 민주정치로서 평등에 기초하여 자유와 박애를 실현해 나가는 것입니다. 대의원 선출에 의한 정치라는 점에서는 현대 민주주의와 같지만 그 선출방식에 있어서 하나님을 전제하기에 다릅니다.

입후보자의 상호관계는 라이벌이 아니라 가족적 형제자매의 관계이며, 출마 동기 역시 자의가 아니라 이웃(형제)들의 천거에 의한 출마이며 기초단계의 간략한 투표방식을 터로 해 엄숙한 기도와 양식을 수반하는 추첨방식으로 치러집니다.

삼권분립도 권력 남용을 방지하기 위해서가 아니라 삼부의 원만한 조화를 위해 업무를 분담하는 것입니다. 권력이란 참사랑의 권위를 말하는 것으로서 대상으로 하여금 주체의 참사랑에 마음으로부터 고마움을 느끼고, 그 주체의 의사에 자발적으로 따르게 하는 정적(情的)인 힘을 말합니다.

공의주의는 공동 윤리의 사상을 말합니다. 공과 사를 막론하고 도덕, 윤리를 준수, 실천함으로써 건전한 도의사회, 즉 공동 윤리사회를 이룩하는 것입니다. 하나님의 참사랑을 중심한 동일한 가치관을 가지고 살아감으로써 신앙 위주의 종교 교리가 실천 위주의 생활윤리로 화하게 되는 사랑의 윤리공동체 사회를 이룩할 수 있습니다. 공의주의 사회의 구체적인 내용은 삼대 주체사상이 실시되는 사회인 것입니다.

두익 통일사상이 지향하는 세계

이렇듯 공생·공영·공의주의가 실현된 이상세계는 하늘부모님 아래 한가족의 세계입니다. 그러므로 그 핵심은 가정입니다. 가정이 바로 이상세계의 터전이 되는 것입니다. 가정의 확대가 이상세계입니다. 그러한 가정은 절대성의 윤리가 기본이 됩니다.

인체의 기관 중 가장 중요하고 성스러운 곳은 생식기입니다. 생식기는 생명, 사랑, 혈통 그리고 양심과 연결됩니다. 생식기의 주인은 내가 아니고 나의 배우자입니다. 결혼 전 순결, 결혼 후 정절과 충절을 지켜야 합니다. 이러한 절대성 윤리의 기반 위에 건강하고 행복한 가정을 이룰 수 있습니다.

가정에서 우리는 자녀의 사랑, 형제자매의 사랑, 부부의 사랑, 부모의 사랑 등 사대심정권을 체휼합니다. 이러한 사랑이 수수(授受)됨으로써 질서와 가법이 세워집니다. 자동적인 질서와 가법을 터로 하여 참사랑이 차고 넘치는 가정이 바로 이상가정입니다. 그와 같은 가정에 비로소 영원한 기쁨과 행복이 깃들게 됩니다.

우리는 가정에서 효정의 정신, 효와 충의 정신을 배웁니다. 이러한 효정의 가치는 학교 교육에서도 실시, 강화되어야 합니다. 가정을 터로 한 정치·경제 사회요, 형제애의 세계가 바로 공생·공영·공의주의 사회인 것입니다.

우리는 모두 하나님 아래 한 형제자매이기에 떨어질 수 없는 유기체적 관계에 있고 참사랑의 인간관계를 이루고 삽니다. 이러한 세계는 사회 구성원들이 삼대 주체사상, 즉 참부모·참스승·참주인의 사상을 실천할 때 실현될 수 있습니다. 따라서 삼대 주체사상은 이상세계를 이루는 핵심 생활윤리가 됩니다. 다시 말하면 공생·공영·공의주의 사회의 기본단위는 가정입니다. 이 사회는 이상가정의 이념을 터로 하는 삼대 주체사상이 실시되는 사회입니다. 삼대 주체사상은 북한의 주체사상이 오류임을 밝히고 새로운 대안을 제시해 줍니다.

우리는 가정, 종족, 사회 더 나아가 국가, 세계 앞에 참부모·참스승·참주인의 사명과 역할을 다해야 합니다. 그러기 위해서는 참사랑의 길을 걸어가야 합니다. 하늘부모님 아래 한가족의 나라와 세계를 만들기 위해 진심으로 위하는 희생 봉사의 삶을 살아야 합니다. 참사랑을 실천하며 서로 간에 사랑과 정이 넘치는 관계를 구축해 나가야 하는 것입니다.

이상으로 두익 통일사상의 몇 가지 요점을 간단히 말씀드렸습니다. 제가 연구한 바로는 두익 통일사상의 핵심적 내용을 주제항목별로 나누면 약 21가지의 방대한 내용으로 정리할 수 있습니다.

두익 통일사상의 기본정신과 이념은 삼애주의(三愛主義) 곧 애천·애국·애인의 이념, 삼공주의(三共主義) 즉 공생(共生)·공영(共榮)·공의(共義)주의, 삼대 주체사상입니다. 두익 통일사상이 지향하는 세계는 하늘부모님 아래 한가족의 세계, 즉 심정문화세계요, 공생·공영·공의주의 세계입니다.

우리는 참부모님의 가르침인 이러한 새로운 말씀을 깊이 연구하여 종족, 민족 더 나아가 온 인류를 교육시켜 나가야 합니다. 일반 양심적인 국민들, 사회 지도층 인사들은 물론, 공산주의자와 동조자들, 절대성 윤리에 반대방향으로 가는 자들, 극좌와 극우파 인사들, 편협한 종교인 및 기독교인들까지 치밀한 계획을 세워 말씀을 교육해 나가야 합니다. 말씀을 통해 생명의 역사가 이루어지고, 그 생명으로 말미암아 사랑의 운동이 나타나는 것입니다.

참부모님의 위대하신 성업

이미 언급한 바와 같이 참부모님의 가르침은 공산주의 국가인 구소련과 중국에서 대대적인 환영 가운데 받아들여졌고, 이미 실험을 마친 위대한 사상임을 인정받고 있습니다.

결론적으로 두익 통일사상과 참된 사랑은 하나님의 전통적 사상이며 새로운 건국사상입니다. 신통일한국과 평화세계는 하늘부모님 아래 한가족의 통일한국이요, 하늘부모님 아래 한가족의 세계로서 참부모님의 두익 통일사상과 참사랑으로 이룩할 수 있습니다.

참부모님의 뜻을 따라 공산세계에서 일하며 제가 직접 경험한 바에 의거하여, 참부모님의 수많은 성업 가운데 특히 공산권에서 이루신 업적과 위상을 일곱 가지로 정리해 보고자 합니다.

통일무도 교본에 사인하신 참어머님

참부모님의 위대한 성업 중 워싱턴타임스를 통한 승공의 위업, 카우사운동과 승공연합을 중심한 성업 그리고 북한 김일성 주석 면담 및 핵심 지도자들에게 주체사상이 오류임을 당당하게 설파하신 위업 등 제가 직접 관여하지 못한 섭리에 대해서는 생략하기로 하고, 참부모님의 지시 하에 제가 직접 경험한, 공산세계에서 이루신 성업만을 말씀드리고자 합니다.

우리는 참부모님이 공산권 세계에서 이루신 성업과 '하신 일'만 보더라도 양위분이 누구이신지 확실히 알 수 있을 것입니다.

첫째, 1987년 문효진 세계CARP 회장을 베를린 카프대회에 보내시어 베를린 장벽을 무너뜨리는 대승리를 거두셨습니다. 그럼으로써 냉전시대 공산세계를 해방할 수 있는 자유의 문을 활짝 열어 주셨습니다.

둘째, 1991년 12월 공산주의의 종언을 이루시고 소련을 평화적으로 해체시키는 기적적인 위업을 달성하셨습니다. 그리하여 미국·소련의 핵전쟁 위협으로부터 인류를 구하심으로써 영적으로나 실제적으로도 메시아 구세주의 사명, 참부모의 사명을 완수하셨습니다.

셋째, 참어머님께서는 이미 1990년대에 소련의 심장부인 크렘린에서 그리고 중국 공산주의 심장부인 인민대회당에서 당당히 하늘의 말씀을 선포하시는 기적을 이루셨습니다.

넷째, 공산세계에서 하나님의 뜻이 실현될 수 있도록 천운을 움직이시고 영계를 주관해 나오셨습니다. 참부모님께서는 영계를 주관하시어 영적 역사를 일으키는 권능을 갖고 계십니다. 그리고 역사를 꿰뚫어 보시고, 그 누구도 갖지 못한 미래에 대한 깊은 혜안력·통찰력·예지력을 갖고 계신 분입니다.

다섯째, 인류에게 인생과 우주의 근본문제를 해결할 수 있는 새로운 진리의 말씀을 주셨습니다. 참부모님의 가르침은 자유세계는 물론 소련이나 중국 등 공산권에서도 열광적으로 환영하며 받아들이고 있습니다. 설득력·감화력·포용력이 있는 새로운 진리이기 때문입니다. 이 말씀을 실천하면 인격 완성, 참가정 완성을 이룰 수 있고 나아가 세계평화를 이룰 수 있습니다. 우리로 하여금 하늘부모님의 자녀가 되게 함으로써 신인애(神人愛) 일체이상(一体理想)을 이룰 수 있는 진리입니다. 더 나아가 신통일한국과 신통일세계를 이룰 수 있는 말씀이요 사상입니다.이미 구소련의 15개 국가, 몽골, 그리고 중국에서도 참부모님의 말씀을 골자로 한 교과서가 출판되어 인성교육 교재로 사용되고 있습니다. 중국의 경우, 북경대학교와 최고의 학술기관인 사회과학원에서도 참부모님 말씀의 가치를 인정하여 중국어로 번역한 책을 출판하였습니다.

여섯째, 축복의 권한을 갖고 계시며 동서고금은 물론이요 천주에서 유일무이(唯一無二)하신 분입니다. 참부모님께서는 하늘을 부정하는 공산주의 국가에서도 이미 수많은 인민들에게 축복의 은

사를 베풀어 주셨습니다. 축복을 통해 인류가 원죄를 청산하고 하나님의 혈통·사랑·생명을 이어받아 참자녀로 거듭나게 해주셨습니다. 또한 참가정을 이루고 참가정을 통해 이상세계를 구현할 수 있도록 인도해 주십니다. 구소련과 중국 등 공산권 국가의 수많은 인민들이 축복을 받고 기쁨과 행복에 겨워 눈물 흘리는 감격적인 장면을 저는 축복식을 주례하며 목격하였습니다.

일곱째, 인류에게 결혼축복과 더불어 성화축복의 은사를 베풀어 주십니다. 지상에서의 삶이 끝나고 영원한 세계인 영계에서 하늘부모님의 참사랑 가운데 영생할 길을 열어 주셨습니다. 죽음은 고통과 절망이 아닌 기쁨과 환희의 순간으로서, 영계에서 새로 태어나는 성화의 은사까지 베풀어 주신 것입니다. 참부모님께서는 공산세계에서도 모든 축복가정들이 성화축복까지 받을 수 있도록 놀라운 은사와 사랑을 베풀어 주셨습니다.

공산주의 북한과 관련된 중요한 성화축복 행사 한 가지를 소개하겠습니다. 참부모님께서는 2010년 3월 18일, 뉴욕 유엔본부에서 전 나토사령관이며 미국 국무장관을 지낸 알렉산더 헤이그에게 특별 성화축복을 베풀어주셨습니다. 그날 한국의 김대중, 코스타리카의 카라조 등 두 분의 작고한 전직 대통령과 아이티 지진으로 희생당한 유엔 봉사요원들에게도 함께 성화축복의 은사를 내려주셨습니다. 그 자리에는 특별손님으로 헤이그 장관 부인, 아들, 손자 3대가 초청받아 참석했습니다.

알렉산더 헤이그 성화축복식후 그의 부인 아들 손자와 함께(2010년 3월 18일)

헤이그 장관은 한국전쟁에 참전하여 1950년 10월 14일 당시 육군대위로서 북한의 흥남탈환작전, 즉 참아버님께서 복역 중인 흥남감옥 폭격을 지휘한 장본인입니다. 그분은 생전에 참부모님과 각별한 인연을 맺고 "나와 미국이 공산치하 흥남감옥에 계신 문 목사님을 구출한 생명의 은인이라고 하지만, 문 목사님 양위분이야말로 공산주의 위협과 도덕적 파탄 위기에 처한 미국을 구해주고 계신 은인입니다."라고 증언하였습니다.

참부모님께서는 헤이그 장관의 은혜를 잊지 않으시고 2010년 한국전쟁 발발 60주년의 뜻깊은 해에 유엔본부에서 특별성화축복의 은사를 베풀어 주신 것입니다. 성화축복식 후 저는 헤이그 장관의 부인, 아들, 손자까지 함께 만나서 담화를 나누었는데, 이 분들은 한결같이 참부모님께 진심어린 감사와 존경의 마음을 표하였습니다.

요한복음 10장 38절을 보면 예수님께서는 "나를 믿지 못할지라도 그 일을 믿으라. 그러면 내가 아버지 안에 있고 아버지가 내 안에 있음을 너희가 알리라."고 말씀하셨습니다. 참부모님께서는 인류 역사상 그 누구도 이룰 수 없는, 상상조차 못한 기적과도 같은 많은 일들을 이루셨습니다.

예수님 말씀처럼 공산세계에서 이루신 이러한 기적적인 성업만 보더라도 참부모님 양위분께서 누구이신지 명명백백히 알 수 있는 것입니다. 남북한 온 민족과 세계 인류가 잠에서 깨어나 참부모님이 누구인지 확실히 깨닫고, 인류의 구세주 메시아요 선의 조상이신 천지인참부모님을 모시고 받드는 날이 머지않아 올 것을 확신합니다. 우리가 노력하는 만큼 그날은 더욱 앞당겨질 것입니다.

우리가 이뤄야 할 사명

첫째, 우리는 천지인참부모님을 마음껏 자랑하고 칭송하여야 합니다. 이 말씀은 '천지인참부모 정착 실체 말씀선포'에 나오는 한 구절입니다. 독생자, 독생녀, 천주의 구세주 메시아이신 천지인참부모님의 위대하신 성업과 위상, 가치를 칭송하고 자랑함으로써 우리 한민족과 온 인류가 선의 조상이신 만왕의 왕 천지인참부모님을 모시고 받들 수 있도록 해야 할 것입니다.

둘째, 참부모님 말씀 교육운동 즉 두익 통일사상 교육운동을 활발히 전개해야 합니다. 말씀 중심한 인성교육, 절대성교육, 참가정 가치 교육, 평화이념 교육 등을 세계적으로 펼쳐 올바른 가치관을 정립해 나가야 합니다.

셋째, 참가정운동과 축복운동을 지속적으로 전개해야 합니다. 참된 인격을 갖춘 부부가 참된 가정을 이루고 서로 존중하는 사회의 모범이 되는 것입니다. 참가정들은 또한 사회, 국가, 세계를 위해 살아야 합니다. 이러한 참다운 가정들이 모여서 참된 사회, 국가, 세계가 이루어집니다. 모든 축복가정들이 각자의 영역에서 신종족메시아의 책임을 다 한다면 참가정이 가득한 평화로운 세계, 하늘부모님 아래 한 가정인 신통일세계가 이루어질 것입니다.

참부모님께서 2011년 천력 11월 17일, '천일국 최대승리기념일'을 선포하시며 "시봉천국되다."라고 하신 말씀을 받들어, 한민족 나아가 온 인류가 하늘부모님과 참부모님을 모시고 받들 수 있도록 부단히 노력해 나가야 하겠습니다.

통일무도 창설 40주년 기념식

이러한 주장을 하는 당신은 무엇을 하고 있느냐고 질문하시는 분들을 위해 저의 활동을 잠시 소개하겠습니다.

저는 부족하나마 신통일한국과 세계평화에 공헌할 수 있는 하나의 방안으로서, 1979년 4월 15일 참부모님께서 창시하시고 본인이 창설한 통일무도와 2016년에 문평래회장과 공동 창설한 일원도를 전 세계에 보급하고 있습니다.

통일무도는 통일사상을 중심하고 원형운동을 주체적 운동으로, 직선운동을 대상적 운동으로 융합·통일하여 체계화한 새로운 무도입니다. 모든 무도의 정수를 발전적으로 조화·통일시켜, 기존의 기술을 향상시키고 새로운 기술을 개발함으로써 통일사상에 입각하여 모든 기술과 동작에 의의와 가치를 부여한 무도입니다.

두익통일사상 13강좌

따라서 수련생들은 통일무도 수련을 통해 통일사상을 몸으로 체휼하고 생활 가운데 실천해 나가고 있습니다.

일원도는 새 시대 국민생활운동으로 참아버님의 옥중체조, 참어머님의 건강체조 그리고 사위기대운동 등이 근간을 이루고 있으며 100세 시대를 아름답게 살기 위해 통일사상을 중심하고 체계화된 건강체조입니다.

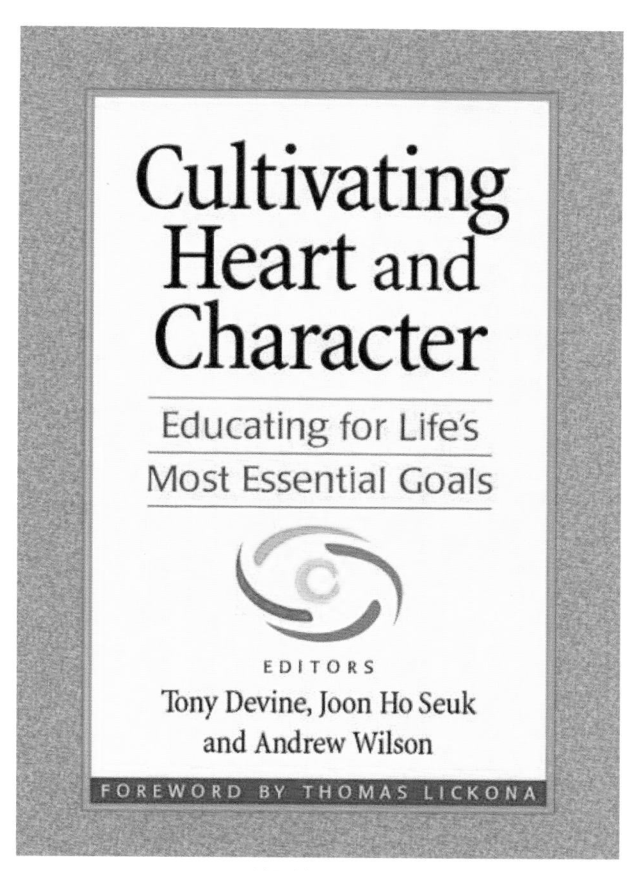

두익 통일사상 교과서

통일사상에 기초하여 창설된 통일무도와 일원도는 또한 효정랑(孝情郎)의 양성을 추구하고 있습니다. 참어머님께서 주창하신 효정랑은 삼국시대 통일을 주도했던 화랑도를 뛰어넘는 하늘의 효정랑입니다. 총칼이 아닌 효의 심정을 가지고 말씀과 참사랑을 실천함으로서 밝은 미래를 열어가는 무도인(武道人)이 무도 효정랑입니다.

팔레스타인 언어로 번역된 교과서

통일무도와 일원도는 통일사상을 중심으로 체계화되었기 때문에 수련을 통해 자연스럽게 애천·애인·애국사상을 배우고 체휼하며 실천하는 효정랑들을 전 세계적으로 교육·양성함으로써 신통일한국과 세계평화를 이루는 데 이바지하고자 합니다.

그리고 국제교육재단(IEF)이 참부모님 말씀을 중심으로 체계화한 인성교육 교재와 절대성을 중심한 참가정 가치교육 교재, 13강좌로 구성된 인성교육 및 절대성·참가정 가치교육을 위한 파워포인트 교재를 활용함으로써 새로운 가치관 확립운동, 참가정 축복운동에 기여하고자 합니다. 이 교재들은 무도에 접목시켜 이미 새로운 무도철학으로서 체계화시켰습니다.

이러한 교재 중심한 교육은 이미 구소련과 중국에서 성공적으로 실험을 마쳤을 뿐 아니라 세계 도처에서 인성교육 교재로 활용되고 있습니다. 각국 언어로 번역되었고 2017년에는 팔레스타인어로도 번역, 활용되고 있습니다.

참사랑의 실천에 있어 무엇보다 중요한 것은 통일사상의 주창자이신 참부모님 양위분의 심정과 하나되는 것입니다. 특히 지금이 순간도 신통일세계 안착을 위해 밤잠을 못 이루시며 눈물겨운 수고를 하시는 참어머님의 심정과 하나되어야 하겠습니다. 우리 모두가 참부모님의 심정과 하나되어 참사람이 되고, 참가정을 이루어 신종족메시아로서의 사명을 다 한다면 천운이 함께하고 영계가 역사하시어 하나님이 이상하신 나라와 세계가 반드시 이루어질 것입니다.

참어머님께서는 지금으로부터 27년 전인 1993년 11월 21일, 구소련 공산주의 심장부인 모스크바 크렘린궁에서 담대하게 하늘의 말씀을 선포하셨습니다.

그리고 21년 전인 1999년 5월 29일, 중국 공산당 심장부인 인민대회당에서 당당하게 하늘의 말씀을 선포하셨습니다. 또한 2005년 8월 21일에는 참부모님의 특별은사와 사랑으로 중국

인민대회당에서 100쌍의 축복식이 거행되었습니다.

이제는 참어머님께서 북한 지도자들과 동포 앞에 하늘 말씀을 선포하시고 거국적인 차원의 축복행사를 주관하실 날이 머지않아 이루어질 것을 확신합니다. 그날이 어서 속히 오도록 우리 모두 정성을 모아야겠습니다.

참어머님께서는 비전 2020을 대승리하시고 세계적으로 대륙과 국가 차원의 축복행사를 거행하심으로서 위대한 성업을 이루셨습니다. 우리 통일가 식구들은 새로 설정해주신 신통일한국과 신통일세계의 안착을 위한 비전 2027 승리를 위하여 참부모님과 완전히 하나되고 각자의 맡겨진 책임을 다 하여야 할 것입니다.

우리가 이루고자 하는 신통일한국은 하늘부모님을 중심하고 남북한이 더불어 사는 참사랑 넘치는 나라입니다. 신통일한국은 신통일세계 즉 하늘부모님 아래 한가족의 세계, 공생·공영·공의의 세계, 그리고 심정문화가 꽃피는 세계의 중심국가가 될 것입니다. 참사랑의 실천과 두익 통일사상 교육을 통해 신통일세계를 이루어 가는데 신통일한국이 세계의 중심국가로서 주도적 사명을 다하기를 소망합니다.

부록

무도통합을 꾀하는 통일 무도

박 정 진

이 글은 『한국의 무예마스터들』(살림출판사, 2020),

242~253쪽에 소개된 '통일무도'에 대한 글을 전재한 것이다.

석준호 | 세계평화무도연합 세계회장

무도통합을 꾀하는 통일무도(統一武道)

살아 숨 쉬는 생명체인 우주는 팽창과 수렴을 반복한다. 그것은 흔히 문명적으로 분열과 통합으로 나타난다. 지금은 수렴과 통합의 계절이다. 상대적인 우주는 상대적이기 때문에 절대를 요구한다. 통일무도는 무예의 통일과 인격의 완성을 위해 통일교에서 개발한 자생무예이다. 무예의 정수를 모아 새롭게 창시된 통일무도는 각종 무예가 각자의 개성대로 있게 하면서 동시에 그것의 장점을 따오는 한편 통합에 따른 새로운 기술을 개발하고 기존의 기술을 향상시키면서 오늘에 이르고 있다.

각종 무예의 장점을 따오기 위해선 겸손하지 않으면 안 된다. 이는 강물이 바다가 되는 것과 같다.

무예인들은 대개 자기의 무예가 최고라고 생각한다. 그러나 창시무술인 통일무도는 통합을 위해서 낮아지고, 낮아지기 때문에

남양주 종합운동장에서 벌어진 '2010 가인·아벨 원구 피스 컵 천주연합대회'에서
통일무도 시범을 보이고 있는 선문대 학생들.

각종 무예의 장점을 볼 수 있다. 통일무도는 살수의 무예가 아니라 제압의 무예이고, 전쟁을 위한 무예가 아니라 평화를 위한 무예이다. 그래서 고난이도의 기술을 가르치지만 무술시합에서 치명적인 기술을 쓰지 못하게 하고, 쓰면 감점을 하게 되는 특이한 무예이다.

통일무도는 선수들의 안전을 위해서 헬멧을 쓰게 하고 글러브를 끼게 한다. 각종 무술의 여러 기술을 동시에 쓰게 하되, 별도의 통일무도 체계를 완성해 놓고 있다. 종합무예적인 성격은 용인대학의 용무도와 같다. 통일무도는 여하한 공격에도 비무장적인 상태로 자신을 방어할 수 있는 것을 목표로 하고 있다. 공격보다는 방어가 목적인 평화의 무도이다.

종래 무술이 걸어오던 길과 반대의 길이다. 전쟁의 기술로서의 무예가 이제 심신단련과 정신통일, 건강증진, 호신과 인격완성에로 나아가고 있다. 이는 평화 시에 무술 본래의 목적이기도 하다. 통일무도에는 기술로서의 무술, 예술로서의 무예, 깨달음의 도로서의 무도가 다 들어 있다.

지난 12일 경기도 남양주시 종합운동장에서 열린 '2010 가인·아벨 원구(圓球) 피스 컵(Peace Cup) 천주연합대회'(4회째)는 통일사상을 스포츠와 문화로 실현하는 대회였다. 이 자리에서 통일무도를 익힌 선문대학 학생들은 무술시범을 보였다. 세계 각국에서 모인 선수들로 성황을 이룬 통일교 세계문화체육대전은 마치 작은 올림픽처럼 진행됐다. 이어 오후에 경기도 청평 청심원 체육관에서 열린 '제 5회 세계무도 피스 컵 토너먼트'는 세계 통일무도인이 한바탕 실력을 겨루는 자리였다.

올해 치러진 '세계무도 피스컵 대회'는 대륙별로 치러지며, 짝수 격년제로 실시된다. 이와 달리 통일무도가 실시하는 또 다른 대회인 '세계 무도 월드컵 대회'는 무도 종목별로 홀수 격년제로 치러진다.

통일무도는 1979년 1월 5일 미국에서 시작됐다. 통일교 문선명 총재의 제안과 지도로 통일교의 경전을 뒷받침하는 심신단련의 무도로서 시작됐다. 문선명 총재는 '단련용진'(鍛鍊勇進)이라는 휘호를 내렸다. 1983년 1월 석회장은 미국 원리연구회의 책임자로 발령이 난 것을 기회로 미국 여러 대학캠퍼스를 순회하면서

'무도와 통일사상'이라는 강좌와 통일무도 시범을 개최하기에 이른다. 당시 보스턴, 텍사스, 위스콘신, 캘리포니아 대학 등 공산주의 운동의 본거지를 공략한다.

문선명 총재가 창시한 통일무도를 구체적으로 창설하면서 지금까지 이끌어온 세계통일무도연맹 석준호(石俊淏)회장은 "통일무도가 통일교의 선교에 큰 힘이 되는 것을 오랜 미국 활동과 해외 각국의 선교를 통해 뼈저리게 느꼈다."면서 앞으로 "통일교회가 가는 곳에 통일무도가 함께 공존하였으면 하는 것이 바람이다."고 말한다.

통일원리를 중심으로 통일무도는 각종 무술을 재구성하는 방식을 택했다. 말하자면 창조적 재구성이다. 때마침 국내에서는 1976년 문선명 총재의 현몽(영계의 지시)으로 한봉기(韓奉基) 선생이 창시한 원화도(圓和道)가 있어서 둘은 안팎으로 상생관계를 이루면서 발전하였다.

통일무도는 원형운동을 중심(주체)으로 하고 직선운동을 주변(대상)으로 함으로써 완성됐다. 원형운동 가운데 가장 대표적인 것은 바로 원화도이다. 원화도는 정확하게 말하면 원구(圓球)운동이다. 공처럼 구르는 형상을 모델로 했다. 통일교의 행사에서 '원구'(圓球: Won-Gu)라는 말을 많이 쓰는 것은 원구의 의미가 원을 중심삼고 상하좌우 전후가 90각도로 온전히 하나 되어 어디에도 치우치지 않는 평등한 관계를 이룬다는 통일교의 원리를 내포한 때문이다.

남미 아르헨티나에서는 2세대 어린 아동들도 통일무도 수련에 열중하고 있다.

원형운동은 힘의 소모가 없는 주체적 운동이고, 직선운동은 힘의 소모가 있는 대상적 운동이다. 이는 주체와 대상으로 나누는 통일사상을 기조로 무도를 재구성한 결과이다.

"모든 기술과 동작의 의미와 가치를 부여하고 인격완성으로 나아가는 게 목적이다."

통일무도는 참사랑과 양심의 도리를 기본으로 하여 동양과 서양의 가치, 전통과 현대의 가치, 정신과 물질적 가치를 조화·통일시키는 것을 목표로 하고 절대적이며 보편적인 우주적 가치인 통일원리를 중심으로 무도를 체계화했다.

통일무도에는 동작의 각 단계마다 철저히 통일원리와 사위기대(四位基臺)가 적용된다. 예컨대 무도의 절대적이고 보편적인 자리에는 통일원리(心情, 참사랑)가 있고, 그 아래 좌우에 원형운동으로 부드러운(柔) 동작, 직선운동으로 강한(剛) 동작이 있다. 이들이 다시 하나가 될 때 통일무도가 완성된다.

참사랑을 기준으로 하면 마음과 몸, 그리고 성숙한 인격이 있고, 가정으로 보면 남편과 아내, 그리고 자녀가 있다. 이렇게 사위기대는 수많은 원형과 변형이 가능하다. 통일무도의 본(本)은 몸과 마음의 조화를 이루고 손과 발동작의 조화를 증진시키며 겨루기 기술을 발전시키는 것을 근간으로 하고 있다.

통일무도의 첫째 본은 '평화의 본'이다. '평화의 본'은 완전히 긴장을 풀고, 깊은 단전호흡을 하면서 끊임없이 물결치는 것과 같은 동작으로 구성되며 원형동작과의 혼연일치를 통해 구형적(球形的) 비전을 갖는다. '평화의 본'의 원리는 참사랑을 바탕으로 몸과 마음의 통일을 기하고 내적 평화를 이루고, 그 평화가 가정, 종족, 사회, 국가, 세계에 이르는 것이다.

통일무도는 이어 '사위기대의 본' '원화의 본' '성화의 본' '삼단계의 본' '참가정의 본' '통일의 본' '창조의 본' '천승의 본' '참사랑의 본' '왕권의 본'이 있다. 앞으로 계속해서 개발되고 확장될 예정이다. 재미있는 것은 통일무도의 기본형이 바로 통일원리를 도상으로 보여주는 상징이며 아이콘(圖象)이라는 점이다. '무도의 도상'이다.

좌선을 하는 있는 석준호 회장

통일무도에는 이밖에도 '통일무도 발레'를 비롯하여 '일보 겨루기' '프리스타일 다단계 겨루기' '기본 호신술' '진보된 호신술' '자유 겨루기' '무기술' 등이 있다.

석준호 회장은 중학 시절부터 유도를 했다. 아버지는 유도계의 '유성'(柔聖)으로 불리는 고(故) 석 진경(石鎭慶) 선생이다. 아버지는 한국인으로서는 처음으로 유도의 최고경지인 10단에 오른 인물이다. 일본 교토의 입명관(立命館)대학 법학과를 나온 아버지는 문무를 겸전한 대표적인 유도인으로 널리 알려졌다. 아버지가 돌아가실 때 전 수많은 제자들과 전 유도계가 슬픔에 잠길 정도였다고 한다.

그는 어릴 적부터 아버지의 문무겸전의 모습을 보면서 자랐다. 그래서 무술을 한다고 해서 공부를 안 하거나 체육선수라고 해서 공부를 하지 않아도 된다고 생각하는 사회풍조를 보면 안타깝기 그지없다. 무술이든 학교공부이든 모두 공부이다. 인격완성을 위해서는 모두 필요하다. 실지로 무술을 닦으면서 공부를 하면 심신의 균형을 이룸으로써 학교 공부도 더 잘하게 된다는 것이 그의 지론이다. 이는 미국 어느 대학교의 실험조사에서 증명된 바 있다. 무도에 대한 잘못된 우리의 선입견, 그리고 무도를 주먹과 폭력을 휘두르는 것으로 잘못 인식한 무도인의 자업자득이다.

석회장은 승단이 어렵기로 소문난 한국 유도계에서 9단에 올랐다. 아직 아버지의 10단에 비할 수는 없지만 그래서 감히 넘다볼 수 없는 자리이지만 10은 완성수이다. '완성을 향해 달려가는' 목표로 삼고 있다. 그는 승단할 때마다 무도인으로서 항상 겸손함을 잃지 않으려고 노력하고 있다. 한국 무예계에 가장 필요한 것이 겸손함이라는 것을 일찍 터득한 때문이다. 통일무도계에선 창설자로 10단이다.

그는 서울고등 학교 3학년 때 유도를 하다가 불의에 다치는 바람에 대학입시를 앞두고 크게 방황한 적이 있고, 그 후 3년여 청년기의 질풍노도의 시대를 보냈다. 그 때 어느 날 꿈에서 '통일교를 찾아가보라.'는 하늘의 목소리를 들었고, 그 후 통일교 신자가 되었다. 그것은 운명적인 것이었다. 그는 아버지로부터는 무도를 배웠고, 문선명 총재로부터는 통일사상을 배웠다. 그래서 그 둘이 만나서 오늘날 통일무도를 만든 셈이다. 통일무도는 태생적으로 문무겸전의 무예이다.

석 회장은 문선명 총재가 탄생한 나라인 한국에, 기독교인들이 이스라엘 예루살렘을 찾듯이 앞으로 세계 통일교인들이 두고두고 한국을 찾을 것을 의심치 않는다. 문화적으로 볼 때도 그동안 외국에서 수입하기에 급급하였지만 이제 수출이 더 많아 질 날이 머지않았다고 생각한다. 지금도 벌써 문화예술의 수출이 시작되고 있는 것이다. 통일무도도 훌륭한 문화수출의 주역이 된다고 그는 생각한다.

이번 피스컵 대회에 참가한 일본인 다가미츠 호시코(聖子孝光) 씨(61, 통일무도 7단)는 "통일교와 통일무도는 세계적 보편적 가치를 지닌 것이며 따라서 미래에 세계문화를 선도할 것으로 확신한다."고 말한다.

러시아에서 온 시라프니코바씨(28, 통일무도 2단)씨는 "통일무도를 배우면서 삶의 활기를 얻었다."고 고백한다. "현재 모스크바 일원에는 1백여 명의 통일무도 수련생들이 있으며, 러시아 전체에는 수천 명에 달합니다." 10여 년 째 통일무도를 수련하고 있는 그녀는 통일무도 발레의 선수이기도 하다.

국제평화지도자 대학(IPLC: International Peace Leadership College) 교수이며 세계통일무도연맹 아시아지역 회장인 비너스씨(Vinus G. Agustin)는 "필리핀에 소재한 이 대학에서는 졸업생 전원이 통일무도를 필수로 이수하기로 되어있다."고 소개한다.

세계 각국에서 온 언어와 피부색깔이 다른 여러 선수와 심판들을 보면서 '무도의 세계화'라는 것이 말에 그치는 것이 아니고 이미 세계적으로 실현되고 있음을 볼 수 있었다. 그 중앙에 통일무도가 있었다. 통일무도는 현재 세계 120여 개 국에 소개되고 있으며 앞으로 통일교가 가는 곳이면 어디든 손발처럼 따라갈 예정이다.

통일무도의 세계화의 여정을 보면 1980년대 초기에 통일무도 간부인 겐사쿠 타카하시는 영국과 독일을 방문하여 지도를 시작하였고, 네덜란드에서 유럽 대륙 세미나를 개최하였다. 마이클 켈렛은 통일무도 학교를 샌 프란시스코에 설립하였으며 여기서 수련한 핀란드 수련생은 고국으로 돌아가 첫 유럽 지부를 세웠다. 바로 직후 에스토니아에도 통일무도 학교가 세워졌으며 에스토니아는 당시 소비에트 연방에 속해 있었다. 에스토니아를 기반으로 석준호 회장과 타카하시는 문선명 총재의 소련 방문 전에 입

국할 수 있었다.

통일무도의 핵심사범들이 그 후 동서유럽과 브라질, 아르헨티나, 케냐, 필리핀, 타일랜드, 등지에서 통일무도 특별 프로그램을 개최하였으며 1980년대에는 1 백여 명의 유단자가 배출될 수 있었으며, 이들은 통해 다시 수천 명의 수련자들이 통일무도를 배울 수 있었다. 특히 필리핀은 마닐라를 중심으로 전국에 40개의 지부를 세울 수 있었다. 다시 필리핀 사범 중에서 동남아, 아프리카, 남미 등지로 통일무도를 전파되었다.

80년대 말 아르헨티나 국가 지도자인 구스타보 줄리아노씨는 통일무도를 브라질, 우루과이와 남미 다른 나라에 소개했다. 루나파크 스타디움에서는 5천명의 관중 앞에서 통일무도 시법을 보이기도 했다. 케냐에서는 가장 괄목할 만한 성장을 했는데 헨리 뭉가이가 후렌시스 니루와 함께 통일무도 도장을 32개나 열어 총 1천여 명의 학생을 보유하였고, 이들은 에티오피아의 론다에 도장을 열었다. 콩고 민주공화국에는 필리핀인 후로레스에 의해 통일무도가 소개되기도 했다. 통일무도 교관은 에스토니아 대통령의 경호원들을 가르쳤으며, 독일에서 히로시 가리타씨는 경찰학교와 여러 대학에서 가르쳤다.

소비에트 연방이 해체된 후 1992년 다카미츠 호시코가 이끄는 통일무도 시범단이 에스토니아, 우크라이나, 모스크바, 생 페테르부르그에서 시범을 보였고, 이 순회 후에 마이클 켈렛씨와 돈하버씨는 생 페태르부르그에 통일무도 분부를 설립했다.

말하자면 세계인의 참여로 통일무도는 세계화될 수 있었다. 이는 태권도가 세계화를 이룬 이후 무예계에서 이룬 세계화 가운데 가장 괄목할만한 공적이다. 통일무도는 보이지 않는 가운데 문선명 총재의 러시아 방문과 러시아의 개혁과 개방에 일조를 하였다. 말하자면 '보이지 않는 힘'으로 작용했다.

무술인, 무도인이야말로 세계의 변화와 문명의 새로운 전개에 앞장 설 수 있음을 보여준 실례이다. 문사(문인)들은 보래 보수적이다. 무사(무인)들이야말로 새로운 도전을 하고 개척하는 용기를 갖춘 장본인들이다. 무골이야말로 큰일을 수행하는 능력의 소유자들이다.

통일무도의 세계화는 여러 모로 태권도에 비할 수 있다. 태권도가 한국을 세계에 알리는 데에 크게 영향을 미치고, 그 후 기업인들이 세계경영을 하는 데에 손발이 되어준 것처럼 통일무도도 앞으로 통일사상을 세계에 알리는 첨병이 될 것으로 보인다. 통일사상은 일개의 종교가 아니다. 인류의 절대적이고 보편적인 가치를 종교에서, 철학에서, 문명에서, 고금(古今)에서 실현하는 사상이다.

세계화의 성공이 어느 정도 실현된 후에 문선명 총재는 2001년 5월 4일 이스트 가든에서 열린 모임에서 통일무도 로고를 선정했다. 로고의 가운데 붉은 점은 참사랑(심정)을 나타내고, 붉은 점 주변의 노란색과 푸른 색의 태극은 주체와 대상을, 원 둘레의 붉은 테두리는 수수(授受)작용을 표현하여 쌍방향의 화살표가 있다. 통일사상을 표현한 것이다.

통일무도가 정립됨으로써 통일교는 문무겸전을 실현한 셈이다.

통일무도는 행동하는 통일교이다. 석준호 세계통일무도연맹 회장은 현재 통일교(세계평화통일가정연합) 한국회장(제 13대)을 맡고 있으며, 선문대학교·선화예술고등학교를 비롯하여 통일교 8개 교육기관이 들어있는 선문학원 이사장(제 6대)직을 겸하고 있다. 또 무예계에선 현재 세계평화무도연합회 회장, 세계경찰무도연맹 회장직을 맡고 있다. 그는 오늘날 문무겸전의 대표적 인물이다.

현재 통일무도 수련생 중에는 비통일교인이 80%를 차지할 정도로 일반에 널리 퍼지고 있다. 그는 문선명 총재가 써준 휘호 '충효지도 만승지원'(忠孝之道 萬勝之源)을 언제나 가슴에 새기고 있다고 한다.

》 무도통합을 꾀하는 통일무도(統一武道)(기타사진)

독일

Northeast Continent
21-days Tong-Il Moo-Do Workshop
Moscow, Russia
Feb. 12th - Mar. 3rd 2004

러시아

제 1회 세계피스킹컵대회(미국)

제 1회 통일무도 월드 컵(2009, 타이랜드)

아프리카

SELF DEFENSE
PROGRAMME
PREVENT CRIME AGAINST WOMAN & CHILDREN
DELHI POLICE with TONG-IL MOO-DO
40th Anniversary
Commemoration of TONG-IL-MOO-DO Foundation (1979-2019)
Organised By : TONG-IL-MOO DO FEDERATION, INDIA

인도경찰학교

브라질국회 통일무도철학 강연

파라과이 국회 통일무도 강연후

세계평화를 향한 위대한 발걸음

초판인쇄 2021년 07월 22일 **초판발행** 2021년 7월 28일

지은이 **석준호/ 세계평화무도연합 세계회장**
펴낸이 **이혜숙** 펴낸곳 **신세림출판사**
등록일 **1991년 12월 24일 제2-1298호**

04559 서울특별시 중구 퇴계로49길 14,
충무로엘크루메트로시티2차 1동 720호
전화 02-2264-1972 팩스 02-2264-1973
E-mail : shinselim72@hanmail.net

정가 18,000원

ISBN 978-89-5800-233-8, 03810